白 日 梦

没有人应该坚强一辈子

Nobody
Should Be Strong
All The Time

艾莉 —— 著

北京时代华文书局

图书在版编目（CIP）数据

没有人应该坚强一辈子 / 艾莉著. -- 北京：北京时代华文书局，2018.1
ISBN 978-7-5699-2081-9

Ⅰ．①没… Ⅱ．①艾… Ⅲ．①随笔－作品集－中国－当代 Ⅳ．①I267.1

中国版本图书馆CIP数据核字（2017）第315013号

本著作之中文简体版本通过一览文化传播广告有限公司代理，经精诚资讯股份有限公司－悦知文化授权北京时代华文书局有限公司于中国大陆（台港澳除外）地区独家出版发行。该专有出版权受法律保护，非经书面同意，任何人不得以任何形式，任意重制转载、侵害之。

没有人应该坚强一辈子

Meiyouren Yinggai Jianqiang Yibeizi

著　　者	艾　莉
出 版 人	王训海
选题策划	曾　丽
责任编辑	曾　丽　田晓辰
装帧设计	蔡小波　王艾迪
插画设计	詹筱帆
责任印制	刘　银　范玉洁

出版发行 | 北京时代华文书局 http://www.bjsdsj.com.cn
　　　　　北京市东城区安定门外大街136号皇城国际大厦A座8楼
　　　　　邮编：100011　电话：010-64267955　64267677

印　　刷 | 固安县京平诚乾印刷有限公司　0316-6170166
（如发现印装质量问题，请与印刷厂联系调换）

开　　本 | 880mm×1230mm　1/32　印　张 | 8　字　数 | 185千字
版　　次 | 2018年5月第1版　印　次 | 2018年5月第1次印刷
书　　号 | ISBN 978-7-5699-2081-9
定　　价 | 45.00元

版权所有，侵权必究

◇ ◇ ◇

最好的爱情是——我们其实都可以在各自的生活里,一个人精彩着。但,因为你爱我,因为多了你看着我的眼神,我会更加耀眼。

◇ ◇ ◇

因为喜欢一个人,所以自己一个人生活。

对你来说,单身是选择,不是不得已的无奈,不是只好被迫接受的现况。

◇◇◇

你想起小的时候自己最喜欢玩的游戏是"捉迷藏"。因为,玩着这个游戏的时候会有人一心一意只想找到你,而你喜欢被找到的感觉,总是笑嘻嘻地面对找到你的人。

你喜欢玩捉迷藏这个游戏,是希望自己能够被某人找到。

◇ ◇ ◇

　　接受不完美的自己，就是你最美的模样，因为打从心里的快乐，才是你散发独一无二魅力最好的时候。

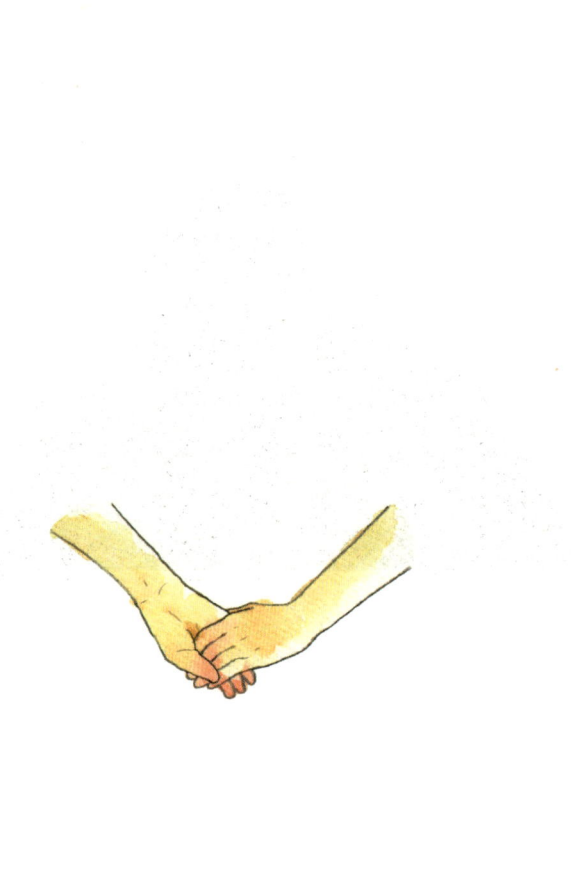

 **推荐序**

听艾莉，是一种放心
| 陶晶莹　歌手、主持人

我最沮丧的是，曾经我给姐妹淘的感情建议她们居然不听，然后飞蛾扑火，然后粉身碎骨。

她们情愿听算命的，情愿听修甲师、美发师的。

我想，我可以建议她们听听艾莉的。
一种理智又温暖的劝诫，一种娓娓道来的陪伴。

这样，我就放心多了。

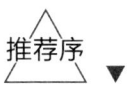

推荐序

没有人应该坚强一辈子

| 蔡灿得　演员、主持人、电台DJ

李安导演的《比利·林恩的中场战事》(Billy Lynn's Long Halftime Walk)在2016年11月2日早上10∶00，举行了全亚洲第一场公开的媒体试映。在台北京站威秀影城的特别厅，放映3D、4K、120帧／秒的高规格版本。

我和艾莉受邀前往，电影公司说早上09∶30开始取票入场，可是才09∶00，艾莉就传信息来说她已经到了。虽然我们说好早点到，免得没有好位置——毕竟媒体试片会是没有对号入座的，不想坐到第一排，就得早早去排队，但她未免也到得太早了吧！

果然，"都没人耶，哈哈哈。"她传信息来。当时的我正在排队搭捷运（即地铁），而且已经放弃前一班，人实在是太多又挤，我懒得抢搭。

"怎么办啊？是在这里取票吗？"她开始在信息里紧张兮兮的。

"现在有人了，三十个。"她再传信息来的时候，我又放弃了第二班。

"决定搭小黄了，等等喔！"我一边回信息一边坐进出租车，看了一下时间，才09∶10。

接下来的路程里，我不断收到艾莉的信息："大约五十个人了。""给票的人还没来耶……""这些人我都不认识。""一紧张就想上厕所。"

我笑死了，这个从"清朝末年"就纵横娱乐媒体圈直到今日的不死老兵，只不过是参加个试片会，到底是在慌张什么。

"我要坚强。"她继续自言自语。

"没有人能坚强一辈子，"我回她，这是她刚刚宣布的新书名字，"但是能坚强一下子。"这个回答换来她的好几个"哈"，之后她又开始自言自语："目测约百人了……你在哪？"

在这的前一天，我和她看到友人转帖"温水煮青蛙"的新闻，一大锅蛙，活生生地被煮成熟的，我和她都觉得过程太残忍。

关于"坚强"这件事，许多人就像是温水煮青蛙，一开始无感，直到发现不对劲时，已经来不及了。与青蛙不同的是，这些人对"坚强"的不知不觉，不在于水温的高低，而是在于"一下子"这三个字。

事情来了，觉得害怕，但"没关系，就先撑一下子吧"。

就像艾莉，为了工作要介绍的电影，试片会前，还得先进公司处理事情——好早，但没关系，累一下子就好了。到了陌生的试片现场，好紧张，但没关系，撑一下子朋友就来了。（殊不知这朋友还在慢悠悠地对捷运车厢挑三拣四。）

生活就是在这些"一下子"当中转瞬即逝，发现时已经一辈子过去了。大多数人觉得温水煮青蛙残忍，但永远觉得自己的水温还可以再撑个一下子。

没有人应该坚强一辈子,所以请对每个决定坚强的"一下子"要有感;读这本书,你会对每个做决定的瞬间,开始有感。

到达京站,我下车的时候是09:20,搭了电梯上到影城,09:25,换了艾莉去上厕所。
09:50顺利进场,10:00电影开演。
坐了个好位置,欣赏了部好电影,谢谢艾莉坚强的那一下子,早早来排队!

有时候，一扇门关上了，其他的门窗也跟着紧闭，不是要把你逼到绝境，只是要你学会，转个身往后看过去，另一个大大的出口正在身后对你招手。

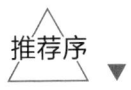

推荐序

卸下不得不的坚强

| 阿飞　畅销书作者

"坚强"这个词应该是一种赞美,可是当你听到别人这样形容自己时,大概也只能报以苦笑,心中难免会五味杂陈。因为每个被称赞坚强的人都明白,那只不过是自己不得不的选择。

我所认识的艾莉,是个对周遭的人很贴心、很温暖的人。她其实很清楚,我们一点都不想被别人称赞自己坚强,我们真正需要的是有人能告诉自己别勉强——或许听到时鼻子会酸酸的,可是心底一定会暖暖的。

你可以不必坚强一辈子,如同人生的协奏曲会需要适时出现休止符。艾莉的文字是一波又一波的暖流,然后在你心中变成一个又一个的音符,最后形成一首美妙的乐章。

把这本书放在身边,让艾莉帮我们慢慢卸下早已疲惫不堪的武装吧!

自 序 ▼

11 + 11 = 堅強

從小到大寫過了多少次「堅強」這個名詞
你曾經算過它的筆畫嗎?
堅 11畫.
強 11畫
1111 這四個數字組成了堅強.
1111 看起來很脆弱
1111 也感覺很孤立
就像堅強這個詞

能脆弱時順勢讓自己放後靠
我可以在
該堅強時得以無所畏懼往前進

我們都不是生來堅強
而是
在脆弱過後選擇了面對.

　　　　　　　　　　　　艾莉♡

001　推荐序：听艾莉，是一种放心
003　推荐序：没有人应该坚强一辈子，但是可以坚强一下子
007　推荐序：卸下不得不的坚强
008　自序：11+11=坚强

01　一个人

002　爱一个人，本来就应该放不下这个人
007　会没事的，在不远的将来
011　凭什么一个人过日子
015　命中注定是可以造假的
019　单身是选择
024　三高女的不安与焦虑
028　先把自己准备好吧

02　课题

034　不完美，就是你最美的模样
037　I was wrong about you
041　人生最倒霉的那一天
045　不要拿别人的错误来惩罚自己
048　被讨厌需要的是实力
052　过分的善良是一种罪过
055　道歉的勇气
060　不要忘了曾经坐在那张椅子上的自己

—— 目录

03　爱情

068　人生打了个×
073　女人为什么外遇？
076　刚刚好的日常，有着最不容易的怅然
082　你要了什么样的生活，就自然会牺牲另一种可能
088　非要历经沧桑得到的，才是幸福吗？
091　不幸福强迫症
095　爱情里最美的样子是从容

04　运气

100　人生最后一场恋爱
104　在爱情中学会单身
110　爱上你是失控的意外
114　老套恋爱情节之必要
120　赤名莉香的白色大衣
126　信号里的暧昧信号
132　谁是你的不可或缺
136　谈恋爱的好运气

05 自己

- 142　名片只是一张薄薄的纸
- 145　自己就是自己的加害者
- 150　每一次相遇都是久别重逢
- 154　有时候会忘记了，我还爱着你
- 159　理直气壮地喜欢上自己
- 162　可以自由选择的这件事
- 165　女人的蛋蛋危机

06 坚强

- 172　每个人都希望被找到
- 175　在，也不见
- 179　在没有你的地方坚强
- 183　看起来坚强的人比较吃亏
- 186　钢铁侠的玻璃心
- 191　终于落下的眼泪
- 195　人生本就该有千样姿态

―― 目录

07   大人

200 什么样的谎言能够被原谅？
204 比起全垒打，更想要四坏球保送
208 只要我过得比你好
211 成为大人是怎么一回事
217 作为一个大人要忍耐的事
220 世界上唯一重要的事情
225 最难的开口

01 一个人

一个人的日子过得再好，都不代表放弃了爱情。

爱一个人，
本来就应该放不下这个人

几个月前，你认识了一个男人，在朋友看来他的条件非常好。

他，年纪比你大了两岁，是个白领精英，外表帅气，体态维持得宜，工作能力强，收入稳定，个性温和，待人有礼，没有过婚姻记录，更重要的是没有不良嗜好。

"在我们这样的年纪还可以认识这样的男人，简直是奇迹了！"你的死党妮妮以一贯浮夸的语气，评论着你的好运。

虽然妮妮讲的是事实，但"在我们这样的年纪"这几个字听起来实在太过刺耳。你自己也不是不知道年过35岁，身旁还出现这么优质的对象，没有人不羡慕你的好运气。但，问题是这好像并不是你想要的运气。

跟他认识的一开始你有点犹豫，是因为对在感情路上才刚刚跌了一大跤的你来说，他有点太过完美，而且太过积极。

他频频示好，就算前几次都被委婉拒绝也不气馁地一再邀约，而且他不玩暧昧游戏，一开始就明白地说很欣赏你，希望可以跟你认真地交往。

"请以结婚为前提跟我交往!"妮妮捏着嗓子努力睁大双眼,用娃娃音边说着边促狭地看着你。"我要是你呀!遇见了这样的对象才不管什么矜不矜持呢,我会在他第一次开口约我时就答应,第三次约会结束前主动对他说出这句话。"妮妮两眼闪闪发光,继续兴奋地说。

"但我总觉得太平静了,跟他相处起来好平静。"平静到自己不像是当事人,倒像是个旁观者,这段感情就好像是照着别人期待的剧本,一页页走下去。进度是别人预期的、内容是别人预期的,你觉得这段交往关系根本不是自己的。

"都几岁的人了,你还期待遇见一个可以让你脸红心跳的对象吗?"

"不应该吗?"

看着妮妮不可思议的表情,你开始怀疑起自己的坚持。虽然,心中有一种说不清楚的犹豫,但你们还是开始了规律的约会。

果不其然,在约会三个月后他说出了妮妮想说的台词,并且在一个有璀璨夜景的山上吻了你。

当他慢慢向你靠近时,你还在意着他左手衬衫袖口有个没有剪掉的线头,随着风向飘来飘去。

这个突如其来却没有惊喜感觉的吻,就跟他给你的感觉一样——平平淡淡的。没有意乱情迷的心跳加速,没有屏住了呼吸的终于等到,只是轻到像是一阵风拂过了你的嘴唇,而你的眼角还贪恋着远方的夜景。

心想:"那是家的方向吧?"

时序进入夏季,因为一个企划案的执行他突然变得忙碌异常,几次约好的时间最后都取消了。你不但没有不开心甚至还觉得松了一口气，一个人回到家自由自在地度过下了班的时间，远比跟他共度的时光来得更让自己期待。

就这样过了一两个月，某天快接近下班的时间，你突然接到他传来坚持要见面的信息。

"我在你们公司楼下等你。"信息的口气有一种不容被拒绝的莽撞，你有点好奇原本温和的他为何变得如此强硬。

"想来是有重要的话要说吧。"你试着这样解释他的转变。

你真的是个懂事的好女人，太会替人设身处地着想，也不知道这到底算是个优点还是个缺点。

其实，说来也真是荒谬。这些没有见面的时间里，你不但没有特别想念他，你们更没有密集地互传信息嘘寒问暖，根本一点都不像是正在交往中的两个人。

这样也好，既然他抽空了要约见面，你刚好趁机在今天碰面时把这段关系说清楚：你觉得你们真的不太适合。

他带着你来到河堤边漫步，远离嘈杂的人群，开口的第一句话让你有点疑惑。

"我感觉你是那种，自己一个人也可以生活得很好的人。"

你偏过头望着他，他看向远方语气相当平静，没有停下脚步的意思。

这不是赞美，至少不是女人想要的赞美。

"在我被工作缠身忙到无法和你见面的这些日子，你完全没有抱怨。对我来说虽然没有压力。但我也发现你真的好独立，就算是只有一个人也可以过得很好。"

听到他重复说着"一个人也可以过得很好"这句话，你中心警铃大作,这种语气听起来有点不妙。

"短期之内,我必须把全部精神放在我的工作上,我想我们还是做朋友就好了。"

居然被一个自己打算甩掉的人先甩了,你停下脚步瞪大了眼睛看着他,说不出话来。

他看着你的表情,以为你很难过又继续往下说:"我知道我很过分,都提出了以结婚为前提交往的要求,现在又说要分手,但我想你一个人也可以过得很好……"

"一个人也可以过得很好。"

"一个人也可以过得很好。"

"一个人也可以过得很好。"

……

接下来,他还企图解释些什么,配上他一脸的诚恳,但你已经听不进去了,耳边只是不停地重复听到"一个人也可以过得很好"这几个字。

一个人也可以过得很好,是因为一直以来被迫学会要懂事,得自己想办法把日子过下去,生怕若不把日子过好、事情不处理好,自己的事就会麻烦到别人。而麻烦别人这件事,一直是你内心深处最大的恐惧。

你永远记得年幼的自己在开口要求帮忙时,他嫌恶的眼神。

你无法忘记他在抛下这个家时,头也不回地开心与洒脱。

所以,你从很早很早就学会了,就算是一个人也要过得很好。

你从一开始的不得已,到现在的享受不已。

你太喜欢现在一个人也可以过得很好的自己,如果不是当年的那些刁难与嫌弃,恐怕现在的自己也没办法这样过日子。

你回过神来，看着眼前还在对你解释的男人，突然明白了你想找的是个什么样的人。那个人应该是：

就算知道了你一个人也可以过得很好，他却还是放不下你；就算明白你见惯了风雨早学会面不改色，却坚持为你撑伞。

担心是爱情的基本配备，担心是爱人的独家特权。就算知道你什么都能自己处理得好，却还是找得到担心你的理由——

担心你心太软，总是被称兄道弟利用。

担心你总不运动，年纪大了有天生病。

担心你工作勤奋，只会吃苦忘记吃饭。

担心你没方向感，却还要自己去旅行。

而我也想要被你担心，要你想起我时就不放心，在你担心着我的时候，我就霸占了你的所有思绪。

担心不应该是一种要求，而是自然而然地放不下一个人。

如果，有男人对你说"我觉得你是那种一个人也能过得很好的女人"，那么，让他离开吧，没什么好可惜的。他这么容易就对你放心，根本不合逻辑。

爱一个人，本来就应该放不下这个人。

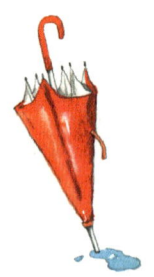

会没事的,在不远的将来

那天,在下着大雨的街角,有个像你的背影出现在我面前。他甚至还回头看了我一眼,到现在我都不能确定那个人是不是你。

他跟你一样戴着帽子时,喜欢把帽檐压得低低的,身体会随着耳机传来的音乐轻轻摆动,跟你一样不太介意旁人的眼光。

我差点就要开口喊你的名字,但最后还是忍住了。因为我不知道,如果那个人真的是你,真的回过头来看着我,那么第一句话,我该说什么才好。

说"你好吗",似乎太矫情。而说完之后,我更不知道还要再说些什么了。

我们竟然已经到了无话可说的状态,曾经的我们是无话不说、怎么说也说不腻的。

是时候了,我知道。

是该放手、放开你的时候了。

毕竟,我再也找不到任何理由和借口来欺骗自己把你留住,留在自己的心中。更何况,为你而流的泪也早已经干涸,现在的我不管怎样都哭不出来了。

我当然希望你幸福，毕竟我们曾经是彼此最好的朋友。但是，我也不免自私地希望，你的幸福一定要来得比我晚，就算我可以比你早一天找到下一个幸福都好。

想到这里，我忍不住笑了——我真的好自私。

我偶尔还是会想起我们在一起的过去，日子一天天过着过着，牵着你的手走着走着，不知道从哪一天开始我们之间就变了。

很多时候，人生的改变都是在不知不觉中发生的，而且往往不见得是我们想要的方向或方式。

像这样的时候，以前的我常常会觉得无助，以为没有人有能力可以阻止。现在的我，好像有点懂了，当改变发生时，我们可以做到的，就是尽力张大眼睛，好好地去面对。只要愿意面对了，事情总是有办法解决的，除非是该面对的人没有心。

该发生的总是会来，就算逃过了今天，明天也还是等在那里的。

今天逃避了以为轻松了，接下来每一步每一天都只会更加沉重。

我现在懂了，也学会了，这也算是因为你，我才学会的课题吧。

在各种不同的人际关系中，比较在乎的一方不见得可以得到更多的在乎。

以前的我会觉得这样并不公平，但是，现在的我也懂了，一段关系中最需要的，往往并不是最公平的对待。有人喜欢多被在乎一些，多被注意，多被关心；有人喜欢自己多在乎对方一些，多爱对方一些。

一段关系可以长长久久，最需要的不是公平的对待，而是给对方想要的被对待的方式，也允许对方用他想要的方式来爱你。

现在说起来好像很简单，很容易懂，但那时候的我却苦恼了许久。

也许将来，当我回想起这一段曾经，会觉得自己放手得太早，但我不会回头，因为我清楚地知道，一直被过去捆绑住，就不会看见那个从未来走向自己的人。

未来某一天，当我回想起人生中快乐的记忆，肯定会有你的片段，只是那时候可能已经记不起你的脸了。

这样也好，就留下开心的记忆就好。

那天下着大雨的街头，我根本看不清楚那个人的脸，就连他脸上的犹豫也看得不是太清楚。看得不清楚也没什么关系，只要我们以后再想起对方的时候，还是会微笑就好了。

年轻时以为的爱情，到了长大了一点的现在看来，都只剩轻笑一声了。曾经的心痛，还远不如昨夜的牙疼来得让人不安。

终于我懂了，在年纪又大了一点的现在。

看淡了，人生中曾经死去活来的爱情。
看淡了，工作中没人可替代的重要性。
看淡了，限量最后一件的诱惑。
开始计较起——
怎么把每个日子，都过成自己真正想要的样子。
怎么把时间留给重要的人，而不是去讨人喜欢。
怎么跟一个人笑着，一一细数柴米油盐酱醋茶。

这些看来普通，却分分秒秒都很重要的事情。

年轻时我们那段以为过不去的痛，到现在都已经变成了好遥远的过去。曾经如何的痛彻心扉，现在都已经成为模模糊糊的曾经。

又下雨了，你知道我是个不爱撑伞的人。
穿上我大大的黑色外套，拉上帽子大步向前走。
下次，当爱情再找上我的时候，我会准备好的。
关于后来，只留下了以为，以为应该是可以一起幸福的。
关于从前，只剩下了可惜，可惜了那真心相爱的两个人。
至于现在，在这些以为和可惜之间搞懂了好多好多课题。
于是，我带着以为与可惜，去到了没有你的，我的未来。
从前的事，我们一一道别。
关于你跟我之间，就别再多问是非了。现在的我懂了——
就算是笑着，也可能流泪，时间不见得会还给任何人公道。时间只负责带走伤痛，而我再也不怕伤不起。

凭什么一个人过日子

寒流来袭的这个夜晚,洗完澡后你把自己包得暖暖的,窝在舒服的沙发上,百无聊赖地滑着脸书(Facebook)。

突然发现两个小时前朋友刻意@了你,附上了一段单身女子如你必看的"一个人生活小技巧"视频。视频的标题是这样写的:"超实用的生活小秘诀!自己住的女生一定要知道。"

你原本不是太在意,只是漫不经心地打开视频。当你看见用玻璃瓶就可以轻轻松松地剥开蒜头皮,视频里神奇的效果让你跃跃欲试。

你套上毛茸茸的拖鞋来到厨房,翻箱倒柜找出玻璃罐跟蒜头,立刻开始实验。

但,现实与想象的距离就有如珠穆朗玛峰跟阳明山的高低巨大落差。不管你怎么拼命摇晃罐子,也没办法像视频中那样利落。蒜头们像是不愿被拆散的罗密欧与朱丽叶般坚定地紧紧相依,像是说"好了,就算天荒地老我们也要守在一起"。

试着试着你累了,连生气的力气都没有了,收拾好了厨房,意兴阑珊地交互捏着酸痛的手臂,走回客厅。

你再度把自己埋进了沙发里，打算窝在上面好好地看韩剧，然后跟着痛哭一场宣泄宣泄，遥控器却在这个时候完全脱离了控制。

你最会的也只有换电池了，偏偏眼前的状况却不是换了电池就能搞定的这么简单。

你根本不清楚，到底是哪里出了问题。

都活到这个年纪了，你怎么还是会上当呢？

都活到这个年纪了，怎么还是轻易相信了？

都活到这个年纪了，怎么还过得这样糊涂？

强大的无力感袭来，让你忍不住放声号啕大哭，你边哭还边打信息给朋友："到底，我凭什么一个人过日子？"

一个人过日子到底需要具备些什么样的条件？

经济独立足以养活自己，是首要条件；有喜欢的休憩娱乐，空闲时才不会无聊；固定几个聊得来的朋友，可以偶尔聚聚、聊聊废话，有益身心健康。

喜欢独处，不觉得一个人过日子是世界末日，而那些偶尔聚聚的朋友们，也不会因为你孤僻发作只想一个人而生气。

你们每个人都是这样的，自己一人时可以安静一整天，一群人的时候则回到了年轻时的疯癫。

岁月带走了你的爱情、胶原蛋白，没有带走的，就是这些朋友了。

你以为自己早就对所有的可能做好了准备。

因为一个人住，什么状况都有可能发生，不但日常用品要有库存，老了以后的退休金要靠自己储存，医疗、意外保险这些更不能少。

现实生活层面的准备够充足了，心理上要忍受得了寂寞和孤独，更要能享受一个人过日子的悠闲自在。

以上这些算是基本款吧?

样样都具备的你不服气地想,这样说来,自己可是进阶版。兴致一来,还能下厨做出一桌好菜,洗衣打扫也不嫌烦。

这几年,更从不得不习惯,到完全享受了独居的好,你真心觉得自己简直是单身极品。

那,这个晚上自己到底在难过些什么?

你是知道的,与其说是难过,还不如说是难受。你向来看不惯那些动不动就示弱的女孩,一天到晚在Facebook上向人求救生活大小琐事。生个病也生怕别人不知道,迫不及待地把打点滴、一脸病容的自拍PO出来。

谁不是带着一些说不出的伤痛过着日子呢?

谁不是病了就自己一人孤零零去看医生呢?

忍一忍不就过去了吗?

忍一忍不就没事了吗?

让你难受的是,这个晚上的自己居然也跟她们没什么两样,也不过就是蒜头剥不开、遥控器坏了这样的小事,就找人哭诉……

一个人生活这么多年,两只猫陪着你过着满足幸福的小日子,平时都挺好的,还算过得去,但就偏偏有几个夜晚会特别难熬。

像是,几百年没有消息的旧情人突然传来了关心、听说了好友谈了恋爱或决定结婚的喜讯、那个让你看不顺眼的人有了不错的成就……

你也不是不希望大家过得好,只是,可不可以不要比你好?

特别是在你还没有"自己可以好好一个人过日子"的把握之前。

你当然也知道,拥有了爱情并不代表就过得比较好,而人生也不应该总是活在跟别人较劲的角力擂台上。

经历过刚刚的大哭之后,你认命地关上视频,把待修的遥控器放进背包,该处理的还是得靠自己面对。

单身的这些年你明白一件事:嫁给王子不一定会幸福。再说,通常,女王是不会愿意嫁给王子的。

有些人喜欢单身也适合单身,而关于自己,你倒是一直很清楚,不管活到几岁,心中始终是当年那个渴望爱情的女孩,这一点是始终不曾改变的。

如今,你又更加清楚了,自己从来没有放弃过爱情,也没放弃过要有人陪、一起过日子,你只是需要等到那个人出现而已。

这些自己过日子的时间里,因为独处得够久,让你有足够的时间明白——那些曾经以为自己不可能再去爱谁的心碎,那些曾经以为自己已经爱过最好了的绝望,都在一个人过的日子里被抚平、被理解了。

你明白了自己在等的不是一个多好的人,就算他再好也都只是他一个人的事。

你终究在茫茫的人海中遇见了他,你们两个人决定在一起的这件事让彼此越来越好,再加上他对你足够好,这一切加总起来才真正算数。

这一切才值得你一个人过的这些日子,这一切才值得你等待这么久。

命中注定是可以造假的

在电影《龙虾》（The Lobster）里，单身是犯法的，有伴的人可以在都市里昂首阔步，只要落单就会被怀疑是单身，警察可以任意盘问你，可以因为怀疑你单身而拘捕你。

所有单身者，不管单身的理由是丧偶、离婚或失恋，都会被送进一个以度假村外表包装成的监狱里，你必须在45天内找到伴侣，不然就会被改造成动物，从今以后就以动物的模样生活下去，度过余生。

唯一值得庆幸的是，想变成什么样的动物，你完全可以自由选择。

觉得这个电影剧情设定得太荒谬吗？回头看看我们身处的世界吧。虽然口头上不说，但这整个社会对单身都带着同情意味浓厚的歧视。

每每到了年节时期，所有人被整个社会氛围默许，对单身的人执行如地狱轮回般不停跳针的盘问：

"交男（女）朋友了没？"

"不要这么挑呀！要不要帮你介绍？"

"交往多久啦？什么时候结婚啊？"

他们用力挥舞着关心的旗帜，好像这样就可以不顾他人的感受，不论多么白目、多么无礼，不顾及颜面的话都可以用力丢出来追问到底。

你以为有了交往对象压力就会减轻，以为自己努力拼过了一个关卡就可轻松度日，其实，并没有。

在扭曲价值观的众人眼里，只有结了婚才代表你的未来是光明的、充满希望的。只有结了婚才代表你选择了正确的人生道路，值得众人为你欢呼喝彩。

不管你们在相处的日子里发生过什么，都不能松开对方的手。

在这样的婚姻里能不能相处得下去、是不是爱着对方，都无所谓，重点是你不能落单、不能让自己重回单身的状态。

在这样的社会价值观里，结了婚就像是有了美国队长盾牌原料制成的宇宙无敌超强合金防护罩，保护你远离众多歧视、同情、批判的目光。

更重要的是，保护你不至于变成众人攻击的目标，任人宰割。

年轻时的单身还可能被解读成贪玩、不想定下来，旁人的提醒也都还只是轻声细语般带着浅浅的笑，说说就过了。

他们说你两句后继续谈笑风生，轻松转入下一个话题。

一旦跨过了30岁这个关卡，众人的关心、长辈的怨念会潜伏在你生活中每个可能的角落。在你最不堪一击时，毫无预警轰的一声引爆，炸你个措手不及。对他们来说，你就是不正常，是异类，跟大家不同。或者应该说，是跟他们不同类。

不知道你到底是哪里有问题，他们看着你的眼神总有一些好奇的猜想。应该是太难搞了吧，更可能是不敢出柜的同性恋。

你从小便按部就班，听大人的话好好念书，乖乖地考上好学校，也好好地拿到了学位。找到了一份还算不错的工作，足以养活自己和孝敬长辈，从来没想过会因为单身，被莫名其妙地跟其他人划分开来，莫名其妙地被按上了罪名。

单身，成了你的不正常现象。

单身，是你难辞其咎的罪。

这个罪推翻了你从小到大的所有努力。

过去的品学兼优、待人有礼、再如何的温良恭俭谦让都通通不算数，只有义无反顾地踏上结婚这条路才能让你赎罪。

因为单身这个罪，就算你选择当个善良的人、不加害他人、拼命地让自己出人头地，你还是成了不被任何地方需要的人。

到底，对这个社会来说，有罪的是单身这件事，还是单身的这个人？

这个问题在前述电影里有了清楚的答案：有罪的是"单身"这件事，只要摆脱了单身，整个社会体制就会毫无保留地接纳你。

在这样病态的大环境的压迫下，就算两人并不是真正喜欢对方，但为了摆脱单身，总是有人会愿意假装两情相悦地在一起。

只是，就算要假装两情相悦，也总要先找到一个理由来说服自己：为什么要选择与这个人过一辈子？

一对伴侣之所以当初会走在一起，最常见的理由是——因为有太多的共同点，于是我们相爱了。

但在这部电影里，因为共同点而相爱的这件事被无情地嘲笑了。

因为共同点而配对成功的伴侣，不管是因为动不动就流鼻血，或者同样是个冷酷无情的人类，为了能不落单、不被变成动物，只要愿意勉强自己迎合对方就可以配对成功。

原本不具备这项特质的另一个人为了达到配对目的，于是选择了假装。

当你为电影里愚蠢的共同点而发笑时，难道没想到自己跟电影里的主角其实没什么两样吗？

我们总以为跟自己拥有某个共同点的人，就会是命中注定的那个人。都喜欢看电影、运动、阅读、旅行、看展览，于是有了聊不完的话题，但其实，喜欢同一个创作歌手、看过同一本小说，这样让人惊喜的、以为对方简直是另一个自己的共同点，都是可以造假的。

很多时候，我们为了讨好对方、为了让对方注意到自己，我们创造出跟他一样的特质，让他以为自己就是他命中注定的那个人。当交往得再深入一些，甚至可能会要求对方配合自己去"创造"出两人的共同点，就好像共同点足够多就可以保障你们的爱情足够长久。

有一天，当共同点消失了，你们的爱情难道也要跟着不见吗？如果是，那你喜欢的到底是这个人，还是投射在他身上的自己？

一旦共同点消失，你的爱情也跟着无影无踪，那么，让你深爱着的其实只是那些共同点，而不是对方之所以成为他的所有人格特质。

抽掉了这些附带的条件、附带的共同点，你还会义无反顾地爱着对方就像爱自己一样吗？

如果你回答不出来，那么，也许可以问问自己："如果是你，最后到底会不会刺瞎自己？"

单身是选择

因为喜欢一个人,所以自己一个人生活。

对你来说,单身是选择,不是不得已的无奈,不是只好被迫接受的现况。

难道不会寂寞吗?

一个人回到空空荡荡的家,难道心不会也空空荡荡的?

家不是就应该热热闹闹的,有人欢迎着你回来或担心着你怎么还没回来?

其他人的以为,对你来说却不是这样的。

对你来说,家是舒舒服服的空间,大多数的时间应该是安静的。大多数时候你是不欢迎宾客的,你就是这样孤僻的家伙。

家对你来说,是可以真正放松、做自己的地方。

家是专属于你的空间,除非是可以同样让你放松的人,不然你不想破坏这样的舒适。

独自拥有这样珍贵的空间,怎么可能会觉得寂寞?

你并不是生来就选择了单身,是这些年一个一个的选择,在不知不觉中带着自己走到了这条路上。

才十几岁时的你,连自己的模样都还不太明白,总是轻易随着身旁人的要求而改变,卖力迎合着别人的希望,直到累翻了自己才发现,一切都太不值得。

你当然谈过恋爱,而且还不止一次,你试过的次数根本超乎旁人的以为。你不懂,只是想跟另一个人好好地一起生活,为什么到头来却搞到两个人都筋疲力尽、没有人可以全身而退?

分明是两个好人,为什么却没有谈成一场足够好的恋爱?

这样的事情一度让你很困扰。

有一阵子你迷失了方向,不懂得在爱情中要多努力、爱得多深刻,才能够换到一辈子都有人陪?

爱情这件事对你来说,就像是被哈利·波特的巫师朋友们下了魔咒的缩小钥匙(Shrinking key),据说这样的钥匙会因为被施了魔法,慢慢地缩小,直到完全消失不见。

爱情就跟被下了魔咒的钥匙一样,无声无息地消失了,你翻来覆去地找,你问过了几万次的为什么——毫无踪影,没有答案。

你甚至不知道自己到底少做、多做,或做错了些什么?怎么一段感情可以这样说不见就不见了?

在你还不曾拥有过的时候,并不明白孤单是什么样的感受。当两个人在一起却再次落单了以后,你才有了深切的体认。

每当假日到来,最难熬的是傍晚时分。五点多开始,小区内就会此起彼落传来准备晚饭的声响,接着没过多久,家家户户就飘出了饭菜香。

每到那个时候，你会想象着别人家餐桌上温馨丰盛的画面，而你却连出门买碗泡面都懒得动。就在你以为落单已经够难受了的时候，接下来的爱情却又扎扎实实地帮你上了一课。

你原本以为，生命中出现的那个人可以带走你的孤单，却没想到，两个人在一起之后的孤独才让人更加难以忍受。

原来更让人无助的是，在一起却依旧感到孤独，这远比一个人的孤单更难直视、更加尴尬。

经历过这些之后，你又多明白了一些——

原来跟谁在一起并非孤单的解药，好好学会跟自己相处才是。

现在的你，一个人住在十五层双拼的大楼里，出入时间很固定，不太常碰见邻居。

一个人生活当然还是会有不方便的时候，所以你学会了一些生活技能。

像是，因为没有忘了带钥匙可以求救的同居对象，所以你放了备份钥匙在公司抽屉里，以防万一。

像是，储藏柜里塞满了各类生活杂物的备份，因而养成了注意大卖场特价的消息。

像是，网购收东西，你有巷口的小7（7-Eleven便利店）和一楼的管理员。

唯一比较困扰你的是下厨时的分量，常常一样的料理要吃上好几天才能消耗完毕。

一个人生活最不愿意面对突如其来的考验，像是，小强出现在墙角、死命扭不开的罐头、高到踩了椅子还是够不到的灯泡，以及准备就寝前突然冒出来的鬼怪念头，吓到自己整晚不停胡思乱想睡不安宁。

你更会常在快要睡着之前，突然想起要检查阳台、大门到底锁紧了没有。

一个人生活养成了你超强的警戒心，强到你总笑着说自己像是患了强迫症。

后来的这些年，你已经太懂得安排生活，早淡忘了十几岁时自己最害怕的寂寞。

别人眼中以为你应该会有的寂寞时刻，对你来说，那是专属于自己的宝贵时间，幸福、享受的不得了，根本不会觉得寂寞。

再说，在城市里生活的每个人不都是这样过着日子吗？

每天上班下班都塞着耳机，只存在于自己的世界里，拒绝搞懂外面真实的世界正在发生些什么事。自以为明白的世界都是通过掌上那手机小小的屏幕。更别说，还有更多的人连在工作时也都是一个人了。

习惯了这样的生活方式，自然能够享受自己一个人，而无所谓寂寞不寂寞了。

单身是选择，你选择活在自己的世界里不去麻烦别人、不去伤害别人。当然，以自私一点的角度来说，其实你也避免了不被别人麻烦、不被别人伤害。

别人眼中的孤独，是你自由自在活着的证据。

你很珍惜这样的孤独，对于一个人的家，你是很有要求的。

从家具的采买、摆设的方式，到小至一定要用黄色光源的灯泡——对你来说，黄光散发出的是一种温暖氛围，当你发现有人用白色灯泡时，总会觉得很不可思议，心里更会暗自替对方定夺：这个家一点也不温暖。

通常聊到这里，就会看见对方忍不住皱起来的眉心。

"又是一个嫌我麻烦的人。"你心想。

你其实很明白，自己之所以一直单身，坦白来说就是难搞。你没办法忍受另一个人肆无忌惮地侵入你的领域，还总是说着"为了你好"的种种要求。

也许，有一天你会遇见那个可以让你愿意不再单身的人，你倒也不排斥。

也许，这个人会比你还要难搞，对生活要求更多。

也可能，这个人就是一个没什么坚持的人，任凭你做主。

只是，在那之前，你想要好好享受自己的单身生活。

学会一个人过日子，才能好好期待遇见另一个人，一起好好过一辈子。然后，在他面前可以心安理得地成为自己，展现自己最原本的样貌。

单身是选择，而你的选择不需要别人批准和喜欢。与其在乎如何得到别人的喜欢，不如让自己打从心里真的喜欢自己。

这，比较重要。

三高女的不安与焦虑

你今天听说了一个新鲜名词"三高女"。

所谓的"三高女",是指收入高、颜值高、年龄也高的女人。

跟你解释"三高女"这个名词的人似笑非笑地看着你。看着他不怀好意的笑容,唰的一瞬间,你的脸不争气地涨红了。

即使这几年已经练就了面对任何场面也不会紧张的从容,却还是不习惯在不怎么熟悉的人面前如此被调侃。

"就算我是三高女那又怎样?"你慢条斯理地发问,用低沉的嗓音武装起自己,不让别人发现自己的慌张。

"你可别误会,三高女并不是个称赞人的词。就是因为你的条件太好了,让人高攀不起才会单身这么久。说穿了,像你这样的三高女是单身人肉市场里的弱者,看起来形势最强,生存力却最弱,恋爱的概率也最低。"男人毫不留情,一语道破你的窘境,你拿起酒杯躲避他的视线。

你突然觉得好累,今晚的自己战斗力欠佳。

你好想立刻离开这个乏味的聚会场合,回家脱掉合身到连呼吸都要小心翼翼的套装,踢掉脚上痛到可以杀死人的高跟鞋。

其实，自己单身了不长不短、也不过就是五年的时间。而五年前刚跟前男友分手时，自己受欢迎的程度可不是像现在这样的。

那时还是有很多人约你的，每天有推也不推完的邀约，你在单身人肉市场炙手可热，这样熟络的程度，对于修补你被分手的伤痛起了不小的作用。

五年前的你依然信心满满，打算昂首阔步继续在寻找真爱的道路上勇往直前。为了让自己开心，你总不忘记美艳动人地出门。你开朗地面对34岁之后的失恋，不把它当作人生的大挫败。

不知道从什么时候开始，这些邀约突然销声匿迹，现在的你变得乏人问津。

为什么会变成现在这个样子？

你被身边关心的朋友们唠叨了不止一百遍，不够积极、约会时不够热情？

你不明白的是，难道把自己推销出去，比找个真心喜欢的人来得重要吗？既然约会时已经觉得无趣了，当然不必进一步交往，或是逼自己堆满笑脸去讨好对方。

"那是因为当初的你还不够绝望！"眼前的男人还在大放厥词。

你心里只想着：是不是应该把杯子里的红酒泼到他脸上，他讨人厌的嘴脸才会停住。

"因为你经济独立自给自足，工作环境舒适安定，不必看客户脸色。生活不必求人的你，久而久之形成了一股强大的气场，男人自然而然就被这样的气场给逼退了。"

听他这样说，你努力回想着五年前那些曾经热情的面孔，如今一个个都模糊到连名字都不记得了。

恋爱这件事对现在的你来说，就像是减肥。永远都有比它更该优先处理的事，所以明天再开始也不迟。

单身的状态如此舒服迷人，若没有出现一个足够好的人，你又何必为了他而放弃？

如果要伪装自己才能留住一个人在身边，那又能留住多久？再说，没有办法跟真正的你相处，又怎么会是可以走上一辈子的人呢？

一个人的日子过得再好，都不代表放弃了爱情。

你经济独立自给自足，可以拥有自己想要的生活质量，过好一个人的日子；工作环境舒适安定，不必看客户脸色，才形成了你这些年来的从容；因为你身边这股强大气场而退缩的人，本来就不会是让你愿意牵起手的对象。

听你说了这么一长串论点，男人眼中闪着笑意。

但你没说出口的是，就算是这样，在你心里还是有一股摆脱不了的焦虑，时不时跳出来扰乱你的安定。

有些事只能放在心底偷偷地不安，随着年纪变大，自己似乎越来越难相处了。说好要昂首阔步前进的勇气全押在了工作上。不再相信圣诞老人，是不是也代表爱情跟自己绝缘了？

回到家卸了妆，你看着镜子里的自己脆弱又迷惘。

其实，这些偷偷的不安，是再正常不过的焦虑。

年纪变大的难相处是因为明白了，不必总是去迎合他人，过好自己的日子更重要。勇气全押在工作上，是因为那是唯一不会让你失望、能有所收获的选项。

你其实愿意在一个男人面前脆弱，只是他能不能承受得了？

你其实愿意好好依赖着一个男人，只是他能不能扛得起来？

这股焦虑的存在对你来说是好的，这表示你还没有放弃爱情，表示当爱情来了的时候，你愿意用从过去的伤心里学会的那些，再去好好地爱下一个人。

圣诞老人、爱情的出现，常常是在一眨眼或是某个回眸，停在转角或是早已经静静地等在墙边。

很多事物不是不存在，是你还没有留意到而已。

先把自己准备好吧

第一次来到樱花树下亲眼看到樱花,是一个已经过了它该盛开的季节,光秃秃的树枝垂下来,望着孤零零的自己。

那时的AKI伸出手轻轻触碰着樱花刚掉光的枝头,然后仰着头在心中暗暗跟樱花许下了约定:下一次,当樱花正美时,我一定要牵着另一个人的手,一起站在樱花树下。

立下这个约定的时候,她甚至连个可以暧昧的对象都没有。

不知道是哪里来的自信。

在还去不了樱花树下的那些日子里,她先学着好好整理自己,也决定了要照顾好自己。都说了机会是留给有准备的人,就算是爱情这样的事,也是得先把自己准备好吧。

她想办法找事做,不管是看书、看电影、听音乐,把一个人的日子安排得极好。

单身的日子里当然少不了朋友的陪伴,只是太常发生想做的事总是约不到人陪,久而久之,也就习惯了一个人行动。

一个人行动不是为了挑衅什么,也不是要刻意表现自己的独特。既然一个人是自己如今的现况,那就学着接受,并且过得怡然自得。

她希望自己在这次单身时，学会"习惯一个人"这样的课题。

单身时有单身的课题，就像两个人时也有许多两个人的课题一样。在什么状态、遇到什么课题就坦然面对、接受，并且想办法学会，另外，为了提醒自己跟樱花的约定，她让生活里不时散发着樱花香。

十来平方米大小的套房里香氛机常送出阵阵樱花香，当然也会在自己的身上喷一点樱花香水，但要找到能让她满意的樱花香并不是件太容易的事。

她无法接受太刻意的香味，因为个性有点MAN，太过女人的味道她也不能接受。要能让她喜欢上的，最好是比较中性的木质跟麝香混杂其中的。

也不是挑剔。她真的觉得自己这样不是挑剔。她只是很清楚明白自己要的是什么，就像太刻意接近的爱情也容易让她退避三舍。

越来越清楚自己想要什么跟不要什么，是在这次的单身里，面临太多需要自己做选择的状况时，让她更加了解自己的。

她很满意这样的发现，没有辜负了自己这次的单身。

就这样几个月过去了，在固定相约打球的社团里，新来了一个有点臭屁的男孩。原本以为是个严肃的家伙，笑开来时，却像暖暖的阳光般亲切。

第一次碰面，他就让她想起了初恋的那个他。

她的初恋来不及开始就短命地结束了，两个人谁也没有比谁更勇敢一些，都只能远远地偷看、远远地在意对方。但她始终记得他笑起来的样子，再坏的天气也会突然明亮起来，再坏的心情也都败给了他微笑的双眼。

跟男孩频繁接触之后,两人的距离越拉越近。

冬天远离、春暖花开之际,社团的大家约好了一起去野餐赏花。

要出发的日子天气晴朗,挥别前一阵子的寒流,三月的温度已经回暖。一群人一大早浩浩荡荡地出发,久违的小学生远足般的心情让大家都很亢奋。她正好搭上男孩的车,车上四个人说说笑笑地很快到了目的地。

先抵达的球友已经铺好野餐垫,摆好可口的餐点等待着大家,他们就这样在樱花树下热热闹闹地待了一整个上午。

把东西收拾好后,大家决定要在这个园区到处走走逛逛。十几个人本来走在一起的,却又因为各自的速度跟想去的方向不同,队伍越拉越长。

喜欢摄影的她,光专注着拍照,却没发现自己离大家越来越远。

当她回过神来,已经看不见任何一张熟悉的面孔。她站在原地向远处张望着,表情若无其事的她其实有点心慌。

就在这时候,一张笑脸闪到她眼前。

是他。

看着他带着笑意的双眼,一股强烈的安全感包围住自己。在那一刻她突然明白,自己原来这么依赖他。

"其他人在前面休息,我来找你。"他解释道。

"人这么多,你怎么找得到我?"她问。

"循着你的味道,我不会找不到呀!你身上总是有淡淡的花香……"他假装朝着空气不停地闻着。

"是樱花。"她忍不住纠正。

喔了一声,男孩露出恍然大悟的表情,接着说:"除了这个……"男孩往前跨了一步突然靠近她,作势闻着她身上的味道,"嗯,你身上还有逞强的男孩子气、爱作弄人的孩子气,"接着,他顽皮的眼神突然转为温柔,"还有,总是让人放心不下的傻气——才会不小心一个人跑这么远。"

AKI原本以为自己是在找像初恋那个男孩爱笑的眼神,现在她才懂了,原来自己要的是,被那样的眼神专注地注视着,被不放心地牵挂着。

"你看!"

她只能呆呆地站在原地看着男孩,顺着他指的方向望去,映入眼里的是一株盛开的吉野樱。

男孩牵起她的手说:"不能再让你走散了,我带你去找大家。"感觉到她冰凉的手,男孩回想起自己刚刚在人群中看见茫然失措的她,忍不住把她的手牵得更紧些。

感受到男孩手心里传来的暖意,AKI回想起自己跟樱花的约定:下一次,当樱花正美时,我一定要牵着另一个人的手,一起站在樱花树下。

02 课题

难搞,不过就是坚持原则。我们可以独善其身不得罪人,但不见得就要暗自隐忍总是被人得罪。

不完美，
就是你最美的模样

你计算过自己一天照几次镜子吗？

曾经，我不是个特别喜欢照镜子的人，每星期照镜子的次数屈指可数。

虽然"照镜子"这件事对我来说，是每天必须要做的一件事，意义等同于起床一定要刷牙、洗脸这样的例行公事。但是，当我看向镜子时并非直视自己的双眼，而只是整理头发，检查自己仪表有没有不适当到足以毁坏城市景观的地方。

照镜子时的我并没有真正地看自己，甚至有点回避仔细端详自己。

镜子的存在于我而言，功能性凌驾于一切之上。

因为，我无法对从镜子反射出来的影像衷心地赞美。

因为，镜子反射出来的不是我想象中自己应该要有的样子。

因为，我没办法面对自己的不完美。

总觉得眼睛应该再大一点，脸型要再尖一点，如果可以的话，笑起来的时候最好不要有眼角的鱼尾纹。

有时候我难免会想，如果可以长成自己想要的样子，会不会更幸福,会不会更接近自己想要的人生?

我们习以为常地将自己的不完美无限放大,却不知道在别人眼中的我们,远比自己想象中的要美丽。

正是因为这样的心态,我们常常无法坦然地接受别人的赞美,如果我们知道其实我们比自己想象的美丽,那么应该要比现在更快乐。

我们总是在意着自己的外表,却忘了我们之所以会喜欢一个人、愿意接近一个人,我们记得一个人的好,常常是因为那个人的性格和行为。

我们不会因为那个人长得很帅或是有六块腹肌,而接近他成为朋友,也不会因为喜欢她的外貌或那双长腿,而和她成为闺密。

我们该有的样子不只是外表的美丽。美丽的外表固然可以吸引对方接近,却没办法把人留下,留在自己身边。

当聊起一个人时,我们会说他好会照顾人、善良体贴,这些人格特质让我们愿意留在他身边。而愿意继续相处的原因,也来自于他的个性、谈吐、待人处事的态度、工作上的表现,甚至是与他往来的朋友。

这些林林总总加起来,才是完整呈现一个人的样子,才是应该要影响一个人开不开心、幸不幸福的原因,而不光是外表的美丽与否。

年轻时的我们,总是急着修正自己变成别人眼中能被接受的样子,于是台北东区的女孩都长成一个模样,她们用同一种装扮方式,遮掩了自己不满意的地方,只求勉强攀上大家满意的统一标准。

然而,真正的快乐不应该是只来自于别人的肯定与评分,真正的快乐是来自于我们完全接受了自己，那时候的你才能够打从心里快乐起来。

找回自己心里那个开心的孩子吧。

找回那个只要一个单纯的原因就能开心起来的自己。

回到那个可以打从心里快乐起来的时候，你才能够再一次畅快大笑，才能够再次享受快乐，无拘无束活出自己。

当我们愿意表现出最真实的自己，表现出最原始、自然的样子，那也是我们最美的模样。

那是我们最值得被记住的模样，那是最让自己舒服的状态，那是我们完全接受了自己的不完美而表现出来的最自然、最自我的模样。

我们终其一生都在追求一个"让别人满意的样子"，但所谓的"别人"背后的沉重压力往往来自于我们自己。其实对自己最不满意的就是我们自己，就是这些种种对自己的不满意，让我们快乐不起来。

因为对自己不满意，所以在心中描绘出来自己的容貌，甚至会远比真实的状况还要来得糟糕。

我们对自己总是太不宽容。之所以不快乐、不敢直视镜子里的自己，都是因为我们还不够真正了解自己。

当你真正了解了自己，就能够完全接受自己该有的样子。

接受不完美的自己，就是你最美的模样，因为打从心里的快乐，才是你散发独一无二魅力最好的时候。

I was wrong about you

观看电影或阅读书籍时，能触动我们情绪的剧情，往往都是因为联结到了我们私人的情感经历。

有时候是一个画面，一个动作，有时候甚至只是短短的一句话。

前两天，我陪着朋友Tommy去看了一部热血沸腾的励志电影《飞鹰艾迪》（*Eddie the Eagle*），电影讲的是英国跳台滑雪选手Eddie Edwards（艾迪·爱德华兹）的真实故事。

他没有接受过长期的专业训练，没有获得任何赞助资金，即使被英国奥运委员会不断刁难，他最后还是完成了自己前进奥运的梦想，也写下了英国的滑雪奥运纪录。虽然他根本没有拿下任何奖牌，却留下了始终相信自己可以做到的精神。

在电影即将收尾前不到一分钟的时候，一句话使得Tommy突然放声大哭。

当休·杰克曼这个虚构的角色——Eddie的魔鬼教练——听见当年自己的教练说出"I was wrong about you"（我错怪你了）时，多重复杂的情绪瞬间一股脑涌现，逼出了Tommy的泪水。我没有细问到底发生了什么事，只是握住了她的手，静静地陪着。

有时候，我们就算被误解了也不见得会多去做解释。

之所以选择沉默，可能是原本个性上就不喜欢与人争辩，或是因为知道对方已经怀有成见，不管自己说多少，都是白费唇舌。于是，我们放弃为自己辩解，选择背负谴责，扛下了莫须有的罪名。

事情发生后，日子还是要继续，一年接着又过了一年，我们以为自己已经释怀，不再在意这件陈年往事。

我们以为自己长得够大，学会看淡世事，以为自己的心已经够强大，不再会轻易被伤害、被打败。

当事实为我们做了辩解，当对方终于放下了成见，说出了"I was wrong about you"这样简单的一句话，就能让你哭得像个小孩，那些止不住的泪，连自己都惊讶不已。

当下你所宣泄出的泪，是这么多年来的委屈，更是一种终于被理解了的辛酸。那时你才知道，当年的这件事，其实被自己偷偷在心里挖了个洞，把伤痛埋得很深。

误会形成的一开始，大多数人总是急着要去解释。幸运的，可以在努力过后解开心结，但更多的状况是，最后变成两个人心里的结，各自依附在彼此心中。

当心结形成，我们会选择逃避，启动自我保护意识，不愿意再去面对。我们学会假装没事地度过每一天，甚至没有办法对任何人提起这件往事。

一直要等到很多很多年之后，也许是在一个欢乐的聚餐场合，也许是突然聊到类似的话题，你才看似平静、不带太多情绪地把前因后果说了出来。

提起来的时候,已经不再会感觉到刺痛,也不再会无奈地叹气了。

倾吐的过程本身就是一种疗伤,表示你开始愿意去面对,愿意主动提到曾经发生了什么事,也代表你愿意让这个伤痛止血,让这个情绪解开。

只是,第一次提到的时候,情绪总难免有些纠结。

在学着说出的过程中,你慢慢被了解,不管是愤愤不平,还是疑惑、难过、心痛,都会被听见。

如果是与原本的当事人面对面解开心结,那当然是最好。就算不是,让真正关心自己的人明白——发生在你身上的曾经也是一种解药,解开你这些年积郁的情绪,让懂你的人更加明白你。

当你愿意让另一个人走入你的生命,了解你的伤痛,这对自己来说也是一种成长。

电影《涉外大饭店》(*The Best Exotic Marigold Hotel*)里有这么一段话:"Everything will be all right in the end. So, if it's not all right, then it's not yet the end."(所有的事情到最后都会皆大欢喜、圆满结束,如果没有,那就代表这件事还未结束。)

因为还在过程中,所以看不见终点,还没有得到自己的答案。之所以没有看见终点、没有得到答案,是因为你心有不甘,是因为你还没有看开。

当你看开了,很多事情便放下了,心态转变,眼界自开。

从前看不透的,现在都看透了。

从前放不下的，现在都放下了。

漫漫人生长路要遇见多少人、发生多少事，我们无从预料。每个出现的人都带着各自的课题来检验我们，每件发生的事都暗藏着道理来教会我们长大。

很多时候我们自以为的成就，都来自于别人的成全。别以为贵人的帮助才算数，小人助力的劲道岂止加乘十倍？

有时候，一扇门关上了，其他的门窗也跟着紧闭，不是要把你逼到绝境，只是要你学会，转个身往后看过去，另一个大大的出口正在身后，对你招手。

人生最倒霉的那一天

你记得自己人生中最倒霉的那一天吗？

你曾经以为是"买了冰淇淋还没来得及吃就掉到地面"的那一天。

你曾经以为是"谈了一场根本没牵过手的恋爱就分手"的那一天。

你曾经以为是"联考发榜后，发现自己离不开这小镇"的那一天。

你曾经以为是"尾牙那一晚，十万现金大奖跟你擦肩"的那一天。

人生最倒霉的那一天不停地更换，我们经历得越多，就会发现自己越来越不容易害怕、越来越不容易被打败，也就终于懂得其实自己到底有多么幸运。

只是，人性对于未知，除了好奇与期待外，更带着恐惧，于是，当人生的新课题来到时，我们还是容易心生畏惧。像这样对未来的恐惧往往来自于自己的想象，而这样的想象来自于未知，第一个直觉反应当然是没把握。

我们习惯把未来想得太难，总以为那个时候的自己还不到能把事情做到最对的地步。但信心就是从当初没把握的自己、当初还软弱的自己，咬着牙愿意去尝试而建立起来的，当人生有足够的历练就可以激励自己不要逃避，勇敢正视问题。

足够的历练，来自于人生接连不断的课题。

你当然会排斥课题，没有人不想舒舒服服地过日子就好，可为什么不当学生之后要解的课题还有这么多？

我们都产生过这样的疑问与抗拒的情绪。任谁都有发懒的时候，想要放自己一马，不想再那么辛苦，但很多事情都是避免不了的，课题来到面前也许当下可以不理会，可终究还是要面对和解决的。

否则，你的人生就会停在这个关卡，动弹不得。

再说，你其实也都明白，人生的考验与课题并不是常态，我们都没有自己想象的那么倒霉与命苦。

我们只是习惯放大自己的辛苦，需要被谁疼惜着，要你别再那么拼命，那么，你就会心甘情愿地再去拼上一场。然后在下一个课题来临前，让自己先舒舒服服地过上几年的好日子。

只是，在刚开始学着要自己去处理很多事情时，我们会需要一些坚定的答案和有把握的眼神来鼓励自己。不只害怕出错更害怕受伤的我们，每一次都在摸索、跌跌撞撞里尝试着。

爱情里让人害怕的是——

因为我们不确定眼前的这个人，是不是真的会好好专心无猜地谈场恋爱。

因为我们不知道眼前的这个人，是不是有伤了人却又让人离不开的本事。

因为我们很害怕眼前的这个人，会跟另一个他一样爱了三个月突然不见。

因为我们会怀疑眼前的这个人，怎么可能喜欢平凡无奇不够可爱的自己。

人生里让人害怕的是——

因为我们不知道面对选择，自己决定的方向会不会带着自己去到最对的未来。

因为我们不知道面对困境，到底要落下多少泪挨住多少痛自己才能挺得过去。

因为我们不知道面对疲累，到底可不可以大声求救，是不是有人会愿意帮忙。

因为我们更没有把握低潮会困住我们多久，再不甘心的努力会不会真的有用。

你或许还没弄懂一件事，生命中发生的事不管多么细微，都是来成就你的。

不负责任的家人，和你翻脸的友人，带泪离去的恋人，不被理解的苦痛，没人倾诉的无奈，不得不的坚强……

是这些事情的发生让你一件件、慢慢地，学会了"长大"，你让从一开始的惶惶不安，到之后的某个时刻学会了从容。

现在的你还学会了自嘲，学会了压力不往心上摆。

因为你明白了,再窘迫的难关没有跨不过去的,再苦痛的当下没有不会过去的。

于是到了这一天,你会衷心地感谢生命中曾经出现的每一个课题,你会真正明白,经历过这些的自己是有多么的幸运。

不要拿别人的错误
来惩罚自己

没日没夜忙了半个月,终于完成企划案的那一刻,Candy这个Team中的六个人都觉得自己的脑汁快被榨干了。

这种时候,还有什么比大吃一顿更加疗愈的事呢?他们决定立刻前往公司旁的美式餐厅,以高热量的食物来庆功兼补脑。

处在高度亢奋的状态下,六人一路有说有笑,不到十分钟,全员已经站在餐厅二楼等待入座。走在最前头的Candy正跟带位的店员沟通什么,小茜与其他四人一派轻松地在约莫两步远的距离聊着天。

店员先把他们带到吧台旁的六人座位,此时,吧台传来绞碎冰块的刺耳声,Candy皱起了眉头,礼貌地问:"这个位子应该会很吵,我们没办法聊天,可以换别的位子吗?"她边说边指了指其他地方。

带位的店员口气不太好地回答:"那边都是四人座,没有六个人的位置!"

Candy觉得奇怪,这家餐厅他们不是第一次来,二楼这五六十平方米大的地方,怎么可能没有六个人可以用餐的位置呢?更何况,现在还不到最高峰的用餐时间,放眼望去只有零零散散不到五桌的客人。

店员接着不耐烦地补了一句话,彻底地惹怒了Candy。

"还是你们要分开坐?"

Candy听到这句话,过了三秒钟才意识到自己是真的愤怒了。

"你怎么会这样子问我呢?"她不敢相信,瞪大眼睛,严厉地说,"我们如果要分开坐,为什么还要一起来吃饭?"

从小我们被教导不要惹是生非,要懂得体谅别人,却常因为别人的错误而惩罚了自己,学着隐忍让犯错的人继续错下去。

你以为你的忍让是为了当下的和谐,你以为乖乖不闹事就可以和平共存,却没有意识到,这样无理的忍让只会让更多扭曲的价值观继续被沿用,甚至到最后变成唯一的价值观。

遇到这样的状况,很多人的反应应该会是接受坐在吧台旁的位子,忍受噪音,拉高分贝边用餐边聊天。但,这件事从头到尾都是带位店员的错误。他没有主动意识到吧台的嘈杂会让顾客不悦,经由顾客反应还不愿意挪动店内摆设,调整出六个人的位置。

一旦接受他这样鲁莽无礼的安排,他就不会发现自己的错误,会继续以自己的方便为依归,以自己的懒散为准则,去摧毁顾客原本应该开心的用餐时刻。

你以为这是小事,却正因为这些细琐小事的积累,造成了你的不快乐。因为,你太习惯接受这些不合理,太甘心用别人的错误来惩罚自己。

长大以后的我们经常觉得被骗了。

原本以为长成大人,进入社会工作之后,会比在学校时总有念不完的书、考不完的试要来得轻松,却根本不是这么一回事。

长大后的我们，除了要小心翼翼地避免自己出错之外，更多时候，还会拿别人的错误来惩罚自己。

因为容易心软、因为觉得不好意思拒绝别人，最终，你就成了总是被推诿责任跟过错的对象。

你苦苦吞下别人的责任，也一并接下别人的错误。你以为这只是帮他这一次根本无伤大雅，下一次的他会懂得不应该这样做。问题是，当你承受得如此心甘情愿，他又怎么会知道自己这样的行为是不对的呢？

如果他这样是不对的，为什么你一开始都不说？

如果他这样是不对的，为什么你一开始不拒绝？

每个人都有自己的人生，也有人生中该负担的责任与苦痛，以及该要学会、该要懂得的事情。

你承受了别人的错误、别人该当的责任，并不代表你很伟大，只代表你很自大。

你自大到以为自己的开心不重要，只懂得成就别人。

你自大到以为自己双手往上，就可以撑住整片天空。

你自大到以为自己的肩膀，可以扛起别人的一辈子。

你自大到无法面对与承认，总是拿别人的错误来惩罚自己，让自己根本快乐不起来。

不要拿别人的错误来惩罚自己，自己的错误就该自己当，自己的人生本该自己扛。

被讨厌需要的是实力

我常常听到这样无助的声音：

刚到一个新的环境，不知道怎么融入大家，怎么让他们喜欢我？

我的主管不喜欢我，我不知道该怎么跟他相处？

我身旁很多这样的例子，在本该放松、属于私人的下班时间，却处理着一些主管的私事。或者，其他的同事拼命把自己分内的工作强加到你身上，你却没办法说"不"。

你咬着牙忍受这些不应该、不公平，因为希望工作气氛融洽，希望这样就能让别人喜欢你。

你说，不然怎么办，事情总是有人得做。

你说，不然怎么办，总不能被别人讨厌。

可你有想过这个问题吗？把自己分内的工作与责任推到你身上的人，怎么没有想过会被你讨厌？

你做了他该做的事，所以他喜欢你、常常跟你往来，难道就表示你们是真正的朋友吗？

这样的喜欢只是建立在满足那个人的自私而已，他之所以喜欢接近你，是因为你对他来说是有用的，是因为你愿意被他用来减轻他自己本该承担的责任。

如果你始终无法学会去拒绝，别人也无法插手帮你。

如果你不会因为这样被对待而愤怒，别人也不想替你出头。

因为你甘心情愿，即使你满腹委屈。

因为你在别人为你这样被对待生气时，还忙着替这样对待你的人找理由解释。

当你总是帮别人做事，而让主管或同事真的多喜欢你了一些又如何？

难道你有这么缺少朋友？

难道你有这么想被肯定？

会开口要别人处理自己私事的人、会强行把自己工作塞给别人的人，原本就是自私、以自己为全世界中心的人。在他眼里，地球是绕着他而运转的，他的事就是全世界的事，所有人都应该觉得他辛苦，应该替他分担。

他口头上感激你为他所做的，心里却觉得理所当然。

在他第一次开口的时候，你没有拒绝，他只会越来越得寸进尺，这就是人性。

你愿意被欺压，他落得轻松。

如果，你们两个人都觉得无所谓，到底伤害了谁？

你伤害了自己，伤害了自己的尊严。

当你允许别人折断你的翅膀，你的尊严也就被他踩在脚下，而你还帮着他捏碎了自己的尊严。那第一个落下来的脚印，就是来自于你自己。

在你说不出"不"的那一刻，你就落下了踩在自己身上的第一个脚印。是你允许了别人对你的态度，是你塑造了自己在别人心中该有的样子。

有一本翻译书的书名，轻轻松松说明了其实你可以坚持的态度——《我说不，没有对不起谁》。

想要拒绝别人、开口说"不"之前，那股莫名冒出的罪恶感到底从何而来，你曾经想过吗？当你一再退让、一再答应许许多多无理的要求时，最对不起的人，难道不是你自己吗？

你勉强自己去配合对方，反而导致自己的焦虑与不安，最对不起的人真的就是你自己。

与其费心经营办公室的人际关系，你的时间和心思不如放在强大自己上。不必顾着在办公室当个好人，那不是老板当初给你这份工作的目的。

"老板找你来是要做好事，不是要你做好人。"这句多年前看到的话，一直深深烙印在我心中，久久不能忘。

当你足够有实力把自己的工作处理好，根本不需要费心去讨好任何人。

在你拒绝任何无理、不应该的要求时，要用实力去证明自己专业领域里的重要性。这个工作非你不可，你不是别人工作的替代品。努力做到让别人需要你，即便他们在讲到你的时候，总是皱起眉头暗暗说了声"难搞"。

如果因为难搞而被讨厌,好像也不是太糟糕。那些因为你好使唤、好差遣而接近你的人,并不是真正喜欢你或是把你当朋友。

我们从小所受的教育要我们合群、乐于助人,我们只被教育往同一个方向前进就好,却没有人教我们另一个方向的思考:什么样的人不需要帮助、什么样的状况下不需要合群。

从小被灌输的观念让我们害怕被讨厌,总逼着自己要合群,不能当个难搞的人。但是,**难搞不过就是坚持原则。我们可以独善其身不得罪人**,但不见得总要暗自隐忍总是被人得罪。

你总以为坚持原则、得罪了人、被讨厌了很可怕,但其实更可怕的是,总是战战兢兢、担心被讨厌、搞得心很累的自己。

想要快乐起来,想要活得自在,那就适度、适时地让自己难搞吧!

过分的善良是一种罪过

你也不知道为什么,总是说不出"不"这个字。明明好几次已经鼓起勇气,却还是卡在喉咙,吐不出口。

你害怕面对说出"不"这个字时,周遭凝结的空气、对方僵硬的表情,有些时候对方甚至还会口出恶言。为了避免这样的尴尬场面,你选择了逆来顺受,接受所有合理与不合理的要求。最初明明是出于善意,却不知道为什么到最后自己越来越不快乐。

你听人说"善良是一种选择",比聪明、才华还要可贵,但是怎么你感受到的不是这么回事?

你一直以为善良是对的,所以你总是在道歉。

别人把事情搞砸了怪你,你道歉。

男人劈腿说都是你的错,你道歉。

日子过太好朋友有压力,你道歉。

你总是在道歉,你总是觉得对不起了谁。

你总是在道歉,千错万错都是自己的错。

你总是在道歉,最后连自己都讨厌自己。

你跟所有人道歉，让所有人把责任推卸给你，你扛下别人的责任，成了没有敌人的人。你讨好了所有人，却让自己讨厌了自己，忘记最该让谁开心。

很多做错事的人不根本会怪自己。

他们只会找尽借口推诿，更有甚者他会说：其实，事情会变成这样，都是因为你，都是你的错。只有这样，他才能消弭自己的罪恶感，落得一身轻。

他活得开心自在，事不关己，因为他够自私、不必承认任何错，因为你已经帮他扛了。而当他说都是你的错，你之所以会相信，是因为你本身就是一个相对善良、懂事、会自省的人。

面对这样的状况，你会真的相信都是自己的错，于是责怪自己，进而被坏情绪给笼罩。

只是，被你轻易说出口的"对不起"，虽然只有短短的三个字，很轻的一句话，却很容易让别人看起来像是坏人，而总是在道歉的你，就是一个烂好人。

过分的善良是一种罪过，你让别人轻松卸责，只会推卸责任不懂承担。你让自己没有尊严，连自己都无法尊重自己。

过分善良的人让善良污名化，让大家瞧不起善良。因为不想成为跟你一样的烂好人，于是大家决定不再善良。

善良固然是一种选择，但仍要懂得选择成为有原则、立场、坚定的善良，而不是烂泥一般的、光是被人踩在脚下的善良。

过分的善良不是善良，过分的善良是无心的伪善。

你的一句"是我的错"，会让周围人通通变成坏人。没有分寸、不懂节制的善良只会纵容坏事，只会让身旁的人认为做错了也没关系，都会得到原谅，进而继续错误的待人处事之道。

原谅的力量固然很强大，足以让对方卸下罪恶感，心情开阔，为自己的情绪找到出口。只是，太轻易的原谅，只会让曾经犯的错显得没有重量。犯错的人也不会真正明白，曾经带给别人怎样的难堪与苦痛。

学会拒绝，丢掉满抽屉的好人卡。你会意外地发现，地球还是一样在转动，你过得更轻松自在了，而该处理的事只是回到了该处理的人手上。

道歉的勇气

华华跟Sophie曾经是很好的朋友,直到华华做出了一件自以为对Sophie好的事,两人从此陌路,再也没联络。

是什么样的事情,值得让姐妹情深的两人就此翻脸呢?

当时的Sophie正处在一段就要变成小三的危险关系中。

男人是她的直属上司,笑起来眼角有深深浅浅交错的鱼尾纹,带着成熟男人的魅力:幽默风趣,个性稳重,有品位的穿着、保养得宜的身形,让人根本看不出他已是45岁的年纪。

频繁的出差次数拉近了两人的距离,男人不避嫌地对她很欣赏,Sophie几乎就要醉倒在他甜而不腻的蜜语中了。

要不是自己及时出手干涉,两人眼看就要犯下错误了——华华是这样想的——分明是自己拉了快溺死的Sophie一把,怎么反而失去了这个朋友?

事情发生在两年前某个晚上的姐妹淘聚会上,那时的Sophie心中的恶魔与天使还在挣扎。对于男人频频示出的好感与邀约,她还没有点头答应,但面对自己的好姐妹,她向来无所不谈,她谈好男人难找、对这个男人的动心、男人对自己的好，以及自己很犹豫该不该成为别人婚姻里的小三……

其实，她自己是知道答案的，只是不想去面对，不想太快从被爱慕、被渴望的感觉中醒过来。

当Sophie起身离开座位时，她的手机震动了一下，华华看见了那个男人传来的信息。

"今晚，我等你……"只隐约看见了这几个字。

华华看了一眼Sophie离去的方向，立刻打开她的手机读完男人完整的信息。

"今晚，我等你。如果你不来，我就知道你的答案了，这件事我再也不会提，就当这件事从来没有发生过。"

华华毫不犹豫地删去了这个男人的信息，并且把Sophie的手机放回了原位。

当天晚上，姐妹淘的聚会很开心地结束了，华华只字未提删信息的事，与Sophie两人各自回家。

在那之后的一个月，男人态度的突然转变让Sophie很痛苦，偏偏她不是那种会追根究底的个性，更别说，两人之间根本什么都没发生，她又有什么资格和立场去质问些什么呢？

华华陪着她度过了每个想不开、过不去的夜晚与周末，听她骂男人，并陪她哭，陪她喝醉。

三个月后的某天，Sophie约华华到家里。华华一进门，便看到满桌香味扑鼻的可口菜肴和美酒在等待着她。

"怎么啦？发生了什么好事？你升官啦？加薪还是中乐透？"华华

不停地猜，Sophie边大笑边猛摇头。

"我今天真是太开心了，老天爷太眷顾我了！我是全天下最幸运的人！"

看着Sophie红通通的双颊，华华心想：这家伙该不是喝醉了吧。

"来，我们今天不醉不归！"

"到底发生什么事啦？"华华忍不住追问。

"他老婆今天杀到公司来，抓着小倩的头发一路扯到电梯口！"

"天呀！这也太精彩了吧。"

小倩是Sophie一个部门的同事，Sophie到今天才知道原来自己并不是那个男人唯一的目标。

"老天爷是不是很眷顾我？幸好当初他突然对我疏远，我才没有陷下去，不然，今天被抓着头发拖到电梯口的就是我了，只是我头发这么短，她也扯不到就是了。"Sophie笑到流泪，说完还在哈哈大笑。

"我就是你的老天爷，你要感谢的人是我。"华华笑着说。

"什么意思？"

看着一脸疑惑的她，华华把事情的前因后果解释了一下。

"你看，会外遇的男人本来就不是什么好东西，他呀，那时候应该是也不想跟你耗下去了，想从几个锁定的目标中赶快得手一个！才会传那条信息，这根本就是'哀的美敦书'（拉丁文ultimatum的音译）——最后通牒！"华华越讲越生气，却对上了Sophie冰冷的眼神。

"你看了我的手机，还删掉了我的信息？你以为你是谁？你凭什么这样做？"

下一刻当华华意识过来时，自己已经被Sophie轰了出去。从此Sophie不再跟她联络，不管华华如何解释都没有用。

这么多年的感情就这样被一笔勾销，这简直比失恋还令人难受。

今天是华华的大喜之日，虽然她发出了邀请，但她也没把握Sophie会不会来。

新娘房里人进人出热闹得不得了，而她等待的身影始终没有出现。

随着喜宴即将开始，宾客一一就座，华华也开始整理自己。

就在这时，大门随着两声轻轻的敲击声打开，华华在反射的镜面里看见了Sophie。眼泪在两人眼神交会的瞬间夺眶而出，她们紧紧地抱住对方，就只是哭，什么话都说不出来。

过了好一阵子，华华终于说了"对不起"这三个字。

Sophie猛摇着头，哽咽着说："该说对不起的是我，我知道你是为了我好，但是，我又觉得好丢脸，自己怎么会笨成那样，所以才迁怒于你……"

"不，你听我说，我不应该删掉你手机里的信息，不应该擅自帮你决定你的人生。"

Sophie边哭边帮华华擦着眼泪。

"不，我要谢谢你当年客串老天爷的角色，让我没有一错再错。"

两人相望，又是掉不完的泪。

"哎呀，新娘子哭成这样一会儿怎么进场见宾客啦！来，我帮你补妆。"

道歉最难的，不是说出口的那一瞬间。

道歉最难的，是要把自己如何做错的过程一字不差地说出来。

不只是我很抱歉伤害了你这样的话，这样的话说出口根本没有意义。

把做错过的曾经，一字一句地慢慢说出来，对你对他才有意义。

看着对方的泪，听见自己的后悔，甚至接到自己滚烫烫的泪，这才是认错的过程。

说出道歉不是件容易的事，这需要很大的勇气。也只有这样，事情才会真正地过去，你才会真正地被原谅，对方也才会真正地释怀。

不要忘了
曾经坐在那张椅子上的自己

前两天在办公室里,助理侑侑真实地上演了一出戏码,诠释"设身处地"这件事的重要性。

那时的侑侑躲在办公室大门口,打算捉弄正要走进来的同事小非,她毫无预警地大喊:"嗨!小非!"

完全没有心理准备的小非,被她刻意放大的音量吓呆了,只能瞪大眼睛看着她。

侑侑看着小非的反应,正得意地大笑时,小非不假思索地也立刻对着她大吼:"嗨!侑侑!"

没料到小非的反应会是这样,侑侑被吓了更大一跳,然后很委屈地问小非:"你干吗那么大声?"

小非似笑非笑地看着她说:"那你现在知道,你刚刚突然对着我大吼时,我的感受了吧。"

多么简单的道理,却也是我们平常最容易忽略的。

"设身处地"的意思我们都懂,但要真正完全体会、理解他人的感受却是难上加难。除非,你也经历过跟他一样的遭遇。就像在被小非大吼之后,侑侑也懂了没来由地有人朝着你大吼会有的惊吓感。

比起略有深度的成语需要再三解释才能体会个中滋味，有个英语词组更加浅显易懂，那就是"I was in your shoes"。

你无法体会对方穿上这双鞋走路时，是舒适还是难受。除非，你也穿上这双鞋去走他走过的路。

那种难以言喻的感受，只有穿鞋子的人自己最了解。"In somebody's shoes"是"穿上别人的鞋"的意思，也就是"设身处地替别人想"或"考虑对方的立场"。

这个词组用了"shoes"做比喻，也就是"place"的意思，指的就是"别人的处境"。

在韩剧*Doctors*里，女二始终不懂暗恋的前辈为什么不喜欢自己。

她家世好，长得漂亮，一流大学毕业，又跟前辈同为神经外科医生。两人认识多年朝夕相处，前辈更不讳言曾经为她心动，却始终差上临门一脚，并没有真正爱上她。

她总是嘲笑喜欢"有故事的女人"是前辈恋母情结的延伸，不是一种健康的情感取向，两人因为这件事情争论过许多次。

有一次，他们科内的两位主治医生分别医治一位单亲爸爸的7岁与9岁儿子。两个小小年纪的男孩都罹患了罕见疾病，治疗需要庞大的医药费，而这位单亲爸爸日夜不停地工作，只能抽出非常有限的时间来探望自己深爱的孩子。

有一天，跟着前辈例行巡房检查时，女二不假思索地脱口而出，问男孩们："爸爸呢？好几天没看见他了。"隐约带着不能谅解的语气。

男孩们开朗地回答："爸爸在辛苦地赚钱，给我们治病喔！"急忙帮心爱的爸爸辩护。

离开病房后，前辈神情严肃地对她说："我喜欢有经历、有故事的人，那是因为经历过困难才会更懂得照顾别人，会知道身在困境中的滋味，懂得设身处地去理解别人的为难与窘迫。"

女二带着疑惑的眼神望着他。

他接着说："这便是你无法做到的事，否则，你刚刚也不会问他们爸爸在哪里了。你以为在那病房里最想见到他们爸爸的人是谁？难道是你吗？当然是他们。小小年纪的他们已经在拼命忍耐见不到爸爸的痛苦了，你却还在他们伤口上撒盐。"

女二的脸上闪过了一丝后悔，他又说："这也是我再次确定，我没有办法喜欢上你的原因。"

设身处地是每个人都该学会的重要心态，但不可否认的是，若不是真正经历过同样的困境，我们都很难真正做到。

在《乔伊的奋斗》（*JOY*）这部电影的最后，也有一段类似的描述。

这部电影改编自真人真事，是乔伊·曼加诺（Joy Mangano）的故事。

她是美国"魔术拖把"（Miracle Mop）的发明人，也是美国电视台购物女王、拥有一百多项专利的发明家、公司资产近千亿的总裁，但在抵达现在的成功之前，她只是一个衰到不行的单亲妈妈。

她为了实现梦想而负债累累，离婚多年还跟前夫纠缠不清，她住在自家的地下室，对于她的梦想，全家人都在努力扯她的后腿。

没有人认为她会成功，除了外婆。因为外婆的鼓励，她从小笃定的只有两件事：

第一，她很会发明东西。

第二，她的人生不需要王子来拯救，但自己的发明倒是可以毫不吝啬地跟王子、公主们分享。

我们常觉得自己比别人辛苦、比别人认真、比别人委屈，但再辛苦、认真或委屈，也不能保证你做的事、前进的方向就一定是对的，又或者你一定就能成功。

也许你真的够好、够优秀，却还是得不到最想要的认同。这时候的我们缺少的只是一个被看见的机会，而这个机会靠的不只靠自己的努力，也依靠着别人愿意给我们机会。

Joy也是努力辛苦了许久许久之后，才终于等到被看见的机会。她之所以没有搞砸，那是因为她很清楚明白，原本的自己该是什么样子的。

自己该是什么样子，而不是把自己装扮成别人期待你该有的样子。坚持自己该有的样子，不是为了讨好全部的人而改变原来的自己。

抓住别人愿意给你的机会，表现出原本自己该有的最好的样子。

她同时也明白清楚地知道："不要以为这世界欠你什么，别傻了，这世界什么也不欠你的！"老天爷没有你想的那么不公平，成功的机会都曾摆在每个人面前，只是当时的我们还不懂得该要如何把握。

在这部电影的最后，事业有成的Joy在自己的办公室里接见带着创意前来展示的人们，等着他们毛遂自荐说服她投资眼前的某个发明时,就像看到当年的自己。

看着紧张不安的对方,Joy发出会心的一笑,体贴地说:"慢慢说,我也曾坐在那张椅子上,我懂你的心情。"

在一些机缘巧合之下,我们也会成为别人的老天爷,不管有心还是无意。

当你扮演着别人的老天爷时,会不会愿意给对方一个机会?
当你扮演着别人的老天爷时,是不是也会记起当初的自己?
当你扮演着别人的老天爷时,能不能想起曾经的不安惶恐?
当你扮演着别人的老天爷时,要更能设身处地为他人着想。

就像当初曾经有人给你机会那样,你也要善意温暖地对待一个陌生人。

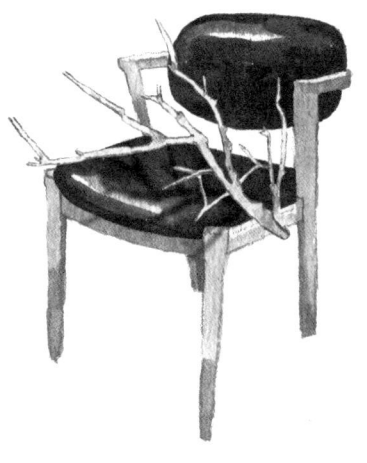

03 爱情

人生并不总是不停地赶路,不必急着奔赴到自己设定好的目标。沿途有些风景是要等到你愿意停下脚步来,才能够看见的。

人生打了个 ×

"离婚"在比较口语的日文用法上,有个戏谑点的说法,称作:ばついち(×一)。

×一,简单来说就是"划了一个叉"的意思。

自从一个人搬出那个家之后,你就不再戴着婚戒了,虽然,那时候你们还没有离婚。

想想有点可惜,其实你还是很喜欢那个戒指的。

你的十指总是光秃秃的,连手腕上都没有手表,而他却恰好相反,两手总是热热闹闹地戴着骷髅头戒指、动辄数万元起跳的名表,还有让你眼花缭乱、每天更换的手链。

与他交往的那几年,他送的礼物总是急着覆盖你的双手,像戒指、手链、名表这些奢侈品,不过现在都不知被你弃置在哪个蒙尘的角落里了。

对了,还有耳环。

他是你认识的男人里唯一一个打耳洞的,你倒也不是太排斥。在一起的那几年,他不止一次要你去打耳洞,提出的条件相当诱人:"只要你去打耳洞,我就买一副钻石耳环送给你。"

你很坚定地拒绝了，明白地告诉他，你怕痛。

提了几次你都不依，有一次他终于忍不住说了："听说，如果女生不打耳洞，下辈子就会投胎变成男生，而男生只要在左耳打上两个耳洞，那么他下辈子还会是男生。"讲完这个传说，他有点赌气地质问你，"难道你下辈子想当男人吗？"

看着他左耳那两个耳洞，你摇了摇头。

你，不想当男人；但，也不想打耳洞。

现在回想起来，他是渴望可以把你装扮成他喜欢的样子吧。

正因为你平常是不戴任何首饰的人，当初在选购婚戒时，你们花了不少时间去寻找和讨论：既要造型简单还要有质感、设计够特别，更不能影响日常生活作息——要把一大颗钻戴在手上，做什么事都得小心翼翼地，你可受不了这样的折磨。

更重要的是，你们都希望挑一个可以天天戴着的婚戒。经过千挑万选，终于买到了一对连不爱戴首饰的你都愿意天天戴着的戒指。

摘下戒指后的某天，在一场重要的会议上，企划案的讨论陷入了僵局。开始沉思起来的你，习惯性地用右手的大拇指和食指圈住左手无名指，想要把玩那原本应该在那个位置上的婚戒时，却只抓住了自己光溜溜的手指。

扑空的感觉重重撼动了你，虽然脸上没有流露出任何表情，但你的思绪已经大乱，当场决定解散大家，明天再议。

你提早下了班，开着车让自己漫无目的地在街头闲晃，吹吹风，希望能把坏情绪吹走。

离了婚的人，一开始大多是不愿意再谈恋爱的。一段婚姻的结束,远比一段感情的结束更让人挫败。

你从小就渴望建立一个属于自己的家庭,不必多奢华,只要够温暖,而这样的温暖靠的当然是婚姻里的两个人。

当再怎么努力都没办法继续下去时,你终于狠心忍痛结束。

这段八年的婚姻,你感觉像是经过了一辈子般的漫长,你光是企图让自己回到过去一个人时的模样,就已经疲惫不堪了。

怎么还会有心思去想恋爱这样的事情呢?

怎么还能想象敞开心胸去接纳另一个人?

车子来到熟悉的商圈,你突然想起自己需要一样东西。

停好车,小心翼翼捧着它,走进一间传统的餐具店。

"老板,请问你们这里有卖白色的茶壶盖吗?"

你捧在手心里的是一个茶壶,大老远从日本扛回来都毫发无伤,却在整理橱柜时不小心摔破了壶盖。它是一个白底蓝绿花纹的茶壶,只要找得到一个白色的盖子来搭,这茶壶还是可以使用的。

老板很热心地帮你合着茶壶盖的大小,三分钟不到的时间,就找到了一个刚刚好符合的。

"要帮盖子绑红绳连在茶壶上吗?"

"可以绑呀?"你瞪大了眼睛惊讶地反问。

"当然可以啊,三十元。"

你猛点头,求之不得。

老板戴起他的老花眼镜,拿出红绳手指飞快地舞动了起来。

"你这样看我绑可能会以为很简单……"老板跟你聊着天,但双手的速度并没有慢下来。

"没有，我觉得好难。"你很诚恳地说，老板有点得意地笑了起来。

"有人还特地在我绑的时候，录下来想学，结果他回去之后根本绑不起来。"

"我还以为茶壶上的那些红绳，都是原本就绑好的。"你惊讶自己居然到今天才知道这件事。

"没有啦，原本都没有绑的，都要自己绑。"一旁的老板娘沉不住气插话道。

"早知道是这样，当初买这个茶壶时就送来先给你们绑绳子了，这样原装的盖子也就不会摔破了。"你很惋惜地说。

"下次你就知道啦！"老板娘笑着回答。

听到这句话，你突然一阵鼻酸。强忍着泪水，谢过他们后，赶紧转身往店外走。

回到车上，在只剩下自己一个人的空间里，你终于放声大哭。

当听到老板娘说"下次你就知道啦"，你觉得自己好像被原谅了，好像被了解了。

从提出离婚的要求到现在，对方始终无法谅解。虽然，在真正下定决心搬走之前，你已经努力跟他沟通了一年半。

你一直以为是自己的错，你曾经怀疑过，是不是自己不懂得好好珍惜这场婚姻，是不是自己不够努力、太快就放手？

如果，牵着的手始终暖心，谁又舍得放开？

原来，婚姻的挫败并不是你一个人的错。

原来，就像你的茶壶一样，即使不小心摔破了盖子，还是有可能、也可以再找到合用的另一个。

原来，就算是照着老板的手法，也不见得可以绑出一模一样的红绳结。

看起来再简单的事情，都有不简单的过程。

你以为别人的幸福很容易，那是因为你没经历过他的不容易。

原来，虽然在这个时间点，你的人生被打了个×，但在这个×之后，你的人生还是可以重新开始的。

在这场大哭之后，你终于原谅了自己，愿意让自己带着人生的这个×，试着重新幸福起来。

女人为什么外遇？

写下这篇文章的标题时，我突然觉得有点悲哀。

现在是个"男人为什么外遇"这种议题不再成立的时代，因为太过泛滥、太过常见，人们早已放弃了讨论。

但近几年开始听说了很多女人外遇的故事，惊动了不少人。

于是，男人急着想知道："女人为什么外遇？"

他们以为知道了答案，就可以避免这件事发生在自己身上。

或许，男人更该问自己："当对眼前的自己、人生、婚姻、伴侣都感到绝望时，女人为什么不外遇？"

关于外遇这件事，不管男女，问题从来不是出在小三或小王身上，而是在婚姻里的两个人，偏偏当事人浑然不觉，完全不自知。

一对伴侣之间如果不是自身先出现了问题，第三者是难以介入的。

在保罗·科埃略（Paulo Coelho）的《背叛》（*Adultery*）这本书里，女主角琳达被忧郁症所折磨，她拒绝面对，用尽力气逃避"自己生病了"这个事实，纵容病症左右自己的人生、思绪，进而放任内心剧场无限疯狂地开演。

对于女人来说,"外遇"从来不只是单纯的肉体情欲发泄,真正的原因终究还是爱情。是爱情让她失望,也是爱情让她无法自拔。

即使一开始是因为肉体的激情接触,但到后来让她无法结束这段关系的,却是因为她发现自己深深爱上了前男友。

更可怕的是,当嫉妒蒙蔽理智时,她还想要进一步毁灭想象中的情敌,从而做出许多疯狂行为。

前男友是极度危险的生物,原本就不应该轻易地接近。但当你对现状极度不满的时候,还有什么比前任成为更好的出轨选择?你们太过清楚彼此的脆弱与坚强,你们见过彼此的裸体,熟知对方的一切。

即使,只是眼神的交会、肢体不经意的触碰,也会引发悸动。

十年的婚姻生活其实不算长,却已经让她耗尽了心力。这当然怪不了别人,因为她太想要维持自己完美的外在形象,那个别人眼中完美的自己。

不能轻易放过自己的个性,让她在每个人生阶段里的角色,都拼了命想要符合别人的期待、符合那个角色该有的样子。

过度努力的结果,首先失去的就是,曾经因为拥有现在的一切而那么快乐幸福的自己。

一旦不快乐了,就会看全世界都不顺眼,以为每个人都在找自己麻烦。但其实你最看不顺眼的,是你自己,一天到晚找你麻烦的不是别人,就是你自己。

《背叛》里提到了《弗兰肯斯坦》(*Frankenstein*)、《化身博士》(*Dr. Jekyll and Mr. Hyde*),还提到了《普罗米修斯》(*Pro-metheus*)。作者以这些例子解读外遇的女人面临的问题,但对于阅读者我来说，桔梗这个女人、让她感觉到窒息的，其实更接近另一个希腊神话故事主角——西西弗斯（Sisyphus）的遭遇。

在神话里，西西弗斯因为触怒天神而受罚，他必须每天推送巨石上山，好不容易到达山顶后，巨石便会滚落回地面。日复一日，他把它推回山上，再眼睁睁地看着它滚落到山下，然后再来一次，一次又一次。

每天重复着徒劳无功的努力，注定一事无成。

推送巨石的过程，就像女人叙述自己身陷忧郁症中的状态——身陷在无法施力、软得不着边际的黑洞，企图想挣脱，却跟西西弗斯一样束手无策。

对很多人来说，不管是人生还是婚姻，最终的感受都会落到这种地步。当一切变成不得不要而非真心想要，当生活的所有事件都被视为理所当然的存在，身在其中的人就再也找不到持续下去、热爱一切的动力。

但，学会转念是人生很重要的一个课题。

要知道生活的乐趣其实就在于重复。

每个周末的一早，牵起他的手去逛逛摊位固定的市场，晃到喜欢的店两人吃着一样的早餐，也吃进了让人满足的幸福。

是重复带给我们安全感，吊诡的是，安全感也带来了困顿、倦怠与厌烦。

当我们学会安心露出微笑，学会享受，并接受重复的平凡与幸福，这样的力量就足以抵抗时光流逝对情爱的摧残、对人生的消磨，就像西西弗斯最终也能带着微笑去面对希腊众神的讥讽。

而《背叛》里，女人最终经历了一场冥想似的洗礼，找到了自己，找到了内在平静的力量，也找到了一切的解答。

刚刚好的日常，
有着最不容易的怦然

每当有人聊起"心目中第一名、不可取代的电影"这个话题时，第一个念头，我总是想起《电子情书》（*You've Got Mail*）。

电影一开始就想到了1998年时刚开始兴起的拨号连接网络，以及网友取代了笔友，这两项让人会心一笑的元素，并以明快的节奏铺陈了一段看不腻的爱情故事。

在现实世界里，两位主角不但不对付，更是竞争对手，分别是大型连锁书店老板和小规模童书店老板，阴差阳错，两人在网络上通信多日，在虚拟世界成为彼此心中比男女朋友更能倾吐心事的对象。

汤姆·汉克斯（Tom Hanks）饰演的是大型连锁书店老板Joe Fox，他有个交往多年精明能干的女朋友，他们一直觉得彼此是同一类人——为达目的不择手段。

梅格·瑞恩（Meg Ryan）饰演的是童书店老板Kathleen Kelly，她的男友是个愤世嫉俗、迷恋老式打字机的知名记者，他总是看到事情最悲观的那一面，无法容许不公义的事情，更无法容许有人竟政治冷漠到不去给总统大选投票。

这两个白天互看不顺眼，甚至当众吵过架的人，到了夜晚竟背着彼此的伴侣，躲进网络里有聊不完的心事。

我们并不是生来就足够强大、足够了解自己，而是往往要透过别人对待我们的态度、别人爱我们的方式，才能看清自己、了解自己，进而修正自己。

Joe原本以为自己就是个标准的商人，不会因为任何事情心软。他是傲慢的，因为他有傲慢的条件，他就像Kathleen提到的她最爱的小说《傲慢与偏见》（*Pride and Prejudice*）里的Mr. Darcy（达西先生）。但慢慢地，他发现，他会因为自己对Kathleen口出恶言而愧疚，会因为自己的书店营销得太成功影响了小书店的生存而不忍心。

他们在一场派对上相遇，Kathleen因为知道了他的真实身份而气愤难当。她站在充满偏见的角度数落他，而被误解的他，下意识地以更加冷酷无情的话一一反击。她气到无法回话，并觉得这样无能的自己糟透了，而他更是懊悔不已，无法接受自己竟可以这样伤害别人。

当天晚上，这两个受了伤的人都上网去找最了解自己的人疗伤。于是，有了这样一段对话——

"你有没有过这种感觉，自己变成自己最厌恶的人。"他说，"有人激怒了你，打翻你装满仇恨、鄙视的潘多拉盒子，引出你所有的缺点。你大可不必理会却忍不住恶言相向。这就是我——'讨人厌'先生。我想你大概不知道我在讲什么……"他很沮丧。

"不，我懂你的意思。我真的很忌妒你。每当跟人起争执，我总是气到说不出话来，我的脑子一片空白，然后，整晚翻来覆去睡不着，一直在想我当时应该怎么说！怎么说！"她飞快地回应，"像是最近，我应该对一个总是贬低我的家伙回话，但已经过了好几天了，我还是想不出来……"

"如果，我可以把骂人的话都给你，我可以彬彬有礼而你可以想骂人时就骂人，那就太好了。"

两人同时看着屏幕笑了起来，刚刚的坏情绪一扫而空。

他接着说："但是我得先警告你，当你终于能在需要的时候说出你想要说的话时，后悔会很快找上你的。"

这是他改变的开始，通过Kathleen对他不友善的态度、通过她被自己的语言攻击后受伤的眼神，Joe反省着自己。

而她只能对他说出所有的心事，不管是对自己经营书店的困境、终于克服了障碍，还是可以立刻反击讨厌的对象却感到不安、面临书店倒闭的害怕与迷惘。

因为感觉安全，她对他毫无保留，全盘信任。

他们相识于虚无的世界，却有着最日常的往来。面对彼此时，他们可以毫无保留地说出自己的心事，这样的相处慢慢积累出情感与信任。

每当调制解调器的拨接声、*You've Got Mail*的音乐声响起，他们便一次次为对方怦然心动。

在她心目中，化名为NY152的他，温暖、善解人意、风趣幽默。而现实世界中的他——一个原本那么令她讨厌的他，却也因为越来越频繁地相处，进而相识，发现他有趣、体贴的另一面。

只是，他怎么会越来越像NY152给她的感觉呢？

原本互相看不顺眼的两人，在另一个身份里认识了真正的对方，并且而爱上了彼此。这爱上的过程是经由缓慢酝酿而得来的，不在任何预料之内。

两人在相识了这么久之后,才真正看见了对方,看进了心里。

如果不是他放下了自己的傲慢、她放下了自己对他的偏见,他们很可能就会错过彼此。

我的朋友小麦最近遭遇了人生很大的一次考验,事关生死。

当医生开出住院通知书给他时,他看着医生在计算机键盘上飞舞的双手,脑中一片空白,没有任何想法。

害怕的情绪不是没有,也在人后大哭过几回,但在家人和朋友面前,他始终一派轻松。

好强的人生病时最怕的是有人问候,刻意逞强时最怕被人看穿。

好强的人遇上再大的困难都不怕,他最怕的是有人替自己难过。

他不让同事和朋友知道自己生病的消息,打算悄悄住院后,再由一个死党负责告诉所有人。但人算不如天算,他本来藏得很好的心事,却被一个不怎么熟稔的女孩发现了。

"最近中午看你都没怎么吃东西,还好吗?"女孩这轻声一问,戳破了他的防护罩。

本来早已挺起胸膛、准备面对接下来所有难关的男子汉,败给了一句轻轻柔柔的担心。他忍不住把生病的事告诉了这个才进公司没多久的同事。

看起来娇生惯养的女孩,却有着见过大风大浪般的沉稳。没有涕泪纵横的惊慌失措,她把生死攸关过成一种日常。

当生死这样的大事来到眼前,其他的迟疑都微不足道了,答案会异常清晰明白地蹦出来,下定决心也会来得比平常简单。

小麦排除所有疑虑决定牵起女孩的手,让她陪伴自己面对接下来的考验。在小麦住院前,他们像普通情侣一样,去了一趟三天的小旅行。

开开心心度了个假,三天后,女孩陪着他一起进了医院。然后,就这样一路陪着他走过住院,化疗,出院,又再入院化疗这一段最难挨的日子。

每天一下了班,女孩就来到医院陪着他,跟他聊一些不着边际的琐事:"今天遇见了谁,谁又问起了你。""今天去跑了一个客户,你都不知道有多讨厌、多不顺眼。"

当然也聊开心的事,他们计划着出院后,在下次住院前可以一起去哪里走走。

他们聊未来,谈梦想,就像平常的情侣一样。

他们的日常里有着最不容易的怦然。

所有相遇都是说不准的,就算有久别重逢的熟悉,往往也会差临门那一脚的勇敢。就算老天爷安排了让你们相遇,如果不是刚好你们都看见了对方,再加上两人都有愿意去爱的勇敢,那么这样的勇敢和那一眼的瞬间,无论是早了一秒,或是晚了一秒,老天爷的精心安排也只不过是路人一场。

在电影最后的最后,Joe缓缓地朝着Kathleen走来。而她泪眼汪汪地说:"我一直希望那个人,就是你。"

她其实都懂,懂得他是怎样默默细心地把每一个日常经营成自己想要的怦然。不然,他为什么总是会出现在自己在的地方。

你常去的咖啡馆、你喜欢的书店角落、你买花的市集、你最喜欢的那个街角……

你期待着怦然，却等到了日常。

然后，你明白了，和他的日常就是每一次的怦然。

小麦以前不懂，自己到底哪里做得不对，为什么总是没办法如自己所愿，顺顺利利地谈上一场恋爱。

现在的他懂了，原来刚刚好的爱情真的就会这样发生，原来怦然并不总是伴着惊天动地而来，原来那个人就是会在某个日常，刚刚好地走进你的生命。

那些曾经的失落、不明白自己做错了什么的痛苦，都成了过去。

原来，每一次的怦然往往都发生在最日常的场景里。

日常，就是最难能可贵的怦然。

就算拼了命做到自己的最好，都不如刚刚好的日常。

而老天爷让你错过了这个人，真的就是因为有个更好的人在下一个路口，等着要跟你携手日常。

你要了什么样的生活，
就自然会牺牲另一种可能

强烈台风刚刚离开的下午，看完李维菁的《生活是甜蜜》后，我在沙发上睡着了，没过多久醒来，醒在充满幸福的感觉中。

那是一种从心底最深处浮现的强大幸福感和满足感——意识恍惚，完全失去辨别当下是何年何月何日何时的能力。

是不是因为书中的奇幻文字，加上时空交错还充斥了众多20世纪90年代的记号，激发了我脑力加速运转，进而被带回到那样青春美好、总是相信未来有一条康庄大道正等着自己的当初，于是产生了幸福的幻觉。

是那一场短暂的假寐，让我以为回到了年轻美好的自己吗？

《生活是甜蜜》这部长篇小说，故事是从圣诞夜的一场相亲开始。

锦文，故事的女主角，47岁，单身未婚。

在她一辈子都想逃离的艺术圈工作，一路从艺评家、策展人走来，好像有了一点地位，却又总觉得自己跟艺术圈格格不入。

在她看来，艺术跟爱情都只是幻象，自己之所以没有拒绝这一场相亲是因为——比较像是买个保险，减少老大伤悲的凄怆。只求欣赏敬重多过情爱，轻巧避开彼此的过去活着，这个时分的人生，谁都负担不起情爱了。

到底遇到了什么事，会让人疲累到什么都没有办法再相信了呢？

疲累，这样的感觉是不断积累的，它会在某个好像功成名就了的那一天、觉得终于对得起自己的努力和众人的殷殷期盼时、当我们稍稍地松懈了下来之时，趁隙埋进你身体的某处，很深很深的地方。动也不动，再也不走了，等待着下一次我们脆弱无力、掉入情绪黑洞时，再张牙舞爪恶狠狠地困住我们。

我们都听过"一将功成万骨枯"这样的话，虽然从来不敢自负为"将"，但至少也不要沦落为随手就被扔掉的卫生筷、接过来就揉皱的广告传单。

是经历一切努力后的徒劳无功让人疲惫，不管是工作还是爱情。

艺术圈的歧视、排挤，让锦文远离这里，但天生辨别得出好作品的眼光，又让她无法轻易地放过自己。

离开的日子里，她总是在鄙视、咒骂着艺术圈，但嫌货才是买货人，面对爱情也是一样的道理。

经历过的几段爱情都图不到一个天长地久的伴，虽然嘴里总说着绝望、要放弃，但谁愿意答应去相亲，心里自然还是抱着一些希望的，否则也不会新染了一头棕红色卷发，套上高跟马靴，让自己美美地出门迎战。

是做了些准备，却又还不到心甘情愿的地步。

不是心甘情愿去相亲的，总带着不健康的心态，更不可能像日本人那样积极乐观、毫无羞怯感地面对"婚活"这样的事。

锦文早就知道，面对没有情爱基础的关系自己有多不在行，否则当初跟那个长相帅气、家境富裕又迷恋自己许久的亚伦也不会分手了。

即使答应了要相亲，心里还是有个不死心的声音，小声地在说着："或许，可以遇见不错的、足以让自己心动的对象。"

但，想象跟现实的出入，总是大到超乎预期。

这场相亲让锦文有一种被摆在拍卖摊位上、任人品头论足的羞辱与挫败感——还是那种百货公司地下楼层的生鲜超市，过了晚上八点后的降价大甩卖，自己全身上下都被张贴着"半价出清"那样红底白字的醒目贴纸。

原来自己在别人眼中是这个样子的，只相配这样的男人。

更糟的是，连这样的男人也看不上自己。

居然被自己看不上的男人看不上，还有比这更糟糕的圣诞夜吗？

当有人提议要帮你"相亲"时，最让人挫败的是，你原本是很有自信的，你向来被盛赞为有自己的样子、能力够强、生活优渥。

只是，当你身边没个伴，你就容不进社会大众的眼里。

这个社会虽然由各种不同的人组成，但这些人之间有一种默契，自动架构出了一个既有的体系、自有的框架与它的体制规范。

为了要融入这样的框架与规范，女人常暗自要求自己要懂事得体，为了懂事得体，就会提早做很多很多、各式各样的准备。

最具体也最拿手的提前准备，自然就是服装的采买。

锦文的一位客户，从小就对丧礼执迷，尤其执迷以遗孀角色出席丧礼。

她终其一生都在准备那一天的到来，她在米兰买下黑色面纱，也在衣柜里搜集各大名牌的黑色套装，后来还添购了爱马仕的黑色凯莉包……

当一切就绪，齐备了，事情才在很久很久之后发生。

可是在事情发生的当天，她只穿上了最寻常的黑衣便裤，扎着简单的发型，素净着一张脸在会场忙进忙出。那个当年特意添购的凯莉包，早在筹措先生的医疗费时转手卖掉了。

锦文出席了这场丧礼，在安慰她的同时，看着眼前一身朴素的她，想起了那些早早就备好却没有派上用场的遗孀这个角色该有的服饰与配件。

她也想起了自己在26岁那年就买好的白色罗纱高腰洋装，那是自己打算拿来当作孕妇装穿的，不知道还会不会有派上用场的那一天。

这世界上很多事都是这样的，不是我们以为的以为，更不会朝着我们希望的方向前进。

以前的她渴望能够与众不同，现在的她，只希望自己可以过着平常人该有的生活和模样。

她越来越常觉得自己当初应该推开另一扇门，走入寻常人般的生活去过日子。如果当初她这样做了，那么社会规矩、人常伦理就会进入她的人生，她也会因此得到保护。

得到保护这样的感觉对她来说，就等同于幸福的感觉。

每当在《生活是甜蜜》书中，看到锦文浮现这样的念头，觉得自己当初应该选另一条路走时，我脑中就会响起孙燕姿的歌声：如果是现在的我们／去走当时的路／有没有可能／比较幸福。

虽然她怀疑自己被社会眼光贬为"从正轨岔出的中年女人"，但在我看来，锦文其实有一种打从心里产生的优越感，只是她自己没察觉到，不去正视而已。

她总以为自己没自信，总在嫌弃自己不够好，她因为处于爱情的需求不被满足的苦痛中而无法肯定自己，没能真的喜欢自己，破坏了她的单身好日子。

小说中，锦文很少主观地聊到自己的外形，总是细细描述身边人的外表，带着赞许、羡慕的语气。而每个被她称赞过外在的人一旦深论到个性，几乎个个让人难以忍受，包括每位前男友。

当你觉得身边的人都难以忍受时，那这到底是谁的问题？

在书的一开始也写了，锦文喜欢优雅，给人好印象，她希望她讨厌的人说起她也只有好话。

她不希望当别人眼里的坏人。她就是那种总是提醒自己要给人好印象、要懂事、要乖巧的女人。

凡事都要优雅、不强求、一味退让的态度反而惹火了其他人。

又因为寂寞，她就算被欺凌了、被践踏了，比起丑陋的真相，她更想要拥抱脆弱、肤浅的友情。只要有人陪伴，宁愿被不喜欢自己的人围绕着，她也不要自己一个人。

这样的她该说是咎由自取吗？

这样的她过得怎么会开心呢？

因为一点都不开心，她才会开始猜想，如果当初做了别的选择，是不是现在的生活就会是甜蜜的？

锦文的疑惑与困境也是我们每个人的疑惑与困境。

如果当初我选了别的路走，现在会不会比较幸福？

书里没有解答，答案要靠你自己去找。

别老用平行时空来安慰自己，我始终相信每一个决定的当下，都带有自己当时的勇敢与自信。

就算是现在的我们去走当时的路，也不会比较幸福。

你要了什么样的生活，就自然会牺牲另一种可能。这就是人生的残酷与有趣。

人生避免不了遗憾，但我们至少可以停止制造遗憾，制造自己向往的甜蜜生活。

非要历经沧桑得到的，
才是幸福吗？

吴奇隆在他的婚礼上说："我也不止一次地埋怨过老天，以前觉得老天对我不公平，让我经历很多奇怪的磨难、不开心的事情，现在我明白为什么了，因为他把最好的留给我。"

这段话感动了许多人，当然包括他自己以及新嫁娘。

老天真的有这么不公平吗？非要历经沧桑得到的，才是幸福吗？

会不会是因为在历经沧桑之后，我们才懂了很多道理？

会不会是在我们都还年轻的时候，不懂老天给的好呢？

会不会是在我们都还年轻的时候，老是抱怨不懂开心？

年轻的时候，心中总有很多的愤怒，看见的总是很多的不顺眼。

我们毫不迟疑地大声批判，不轻易跟不合理的世界妥协，那时的我们以为让步就是同流合污，让步等于自甘堕落。

我们以为凭着一身傲骨，就可以抵抗任何的不公不义。带着愤恨的情绪检视所有发生在自己身上的事，遇到了打击尤其愤愤不平。

为什么是我？为什么总是我？

你有没有问过自己，为什么不会是你？凭什么不会是你？

难道你有比别人娇贵，经不起风雨吗？

难道这一点点不顺遂，会要你的命吗?

你以为所有的打击与挫折，都是冲着你来的，其实这并不是错觉。

毕竟，这是你的人生，你是主角。当然要针对你，剧情才会足够精彩，你又不是活在别人的故事里。

这是你的人生，路上的困难挫折本来就该针对你而来。正因为针对你而来，你才被迫在这样的压力下，逐渐熟悉了人生里所有的为难。

年少的你继续带着愤怒的情绪抵抗着全世界，这些年来，为了要变成自己想要的模样，跌跌撞撞的次数也没少过。

你带着一团怒火被丢进了人生这样一个大烤窑里，丢来撞去，四处碰壁。慢慢地，你开始为了保护自己避免再一次被碰撞，生成了一身棱棱角角的模样，渐渐变成了日本的金平糖。

只是，你没有像金平糖那样七彩缤纷或是外形可爱，你的棱棱角角固然保护好了自己，却也同时让人难以接近。

带着这样的棱棱角角，你继续在人生的道路上前进着，好像慢慢懂得了一些生存的诀窍。那些保护着你却也刺伤别人的棱棱角角，随着长大逐渐被磨去。

你开始慢慢懂了，所谓的妥协与让步是一种待人处事的方式。你还是可以有所坚持，并不需要变得圆滑，坚持你的坚持，也体谅别人的为难。

这一路上你看见有些人因为不清楚自己的方向，一路懵懵懂懂摸索着，直到完全迷失。

还有些人因为不懂得为自己做出好的选择、不懂得拒绝别人的坏意,像棉花糖般一路不停地沾惹,被披上许多虚幻的色彩。

不论是该或不该有的个性与想法,都把原本的他一层层包裹起来,直到完全看不见。他不扎实地夸示自己、壮大自己,但别人轻轻一碰,便足以戳破他的虚张声势。

你惊讶地发现,原来这些年的经历,让你可以越来越轻易地看穿一些人。所以,后来再出现在你生命中,并且把他们留在身边的人,才会显得更加难得。

你以为在历经沧桑后,好不容易才找到了她,好不容易她才来到了你的面前。其实,她只是出现在你已经懂得珍惜的现在。

因为那些回不去的曾经教会了你太多,才让现在的你学到了应该要珍惜什么。

人生并不总是不停地赶路,不必急着奔赴到自己设定好的目标。

沿途有些风景是要等到你愿意停下脚步来,才能够看见的。

当人生遇到了低潮,不论是生了场大病或是工作不顺心,都不见得是谷底。那只是老天帮你的人生按上了一个逗号,他要你喘口气,先放自己一个假。

他要你停下脚步来好好想想,让你在经历这些之后再多学会一些。他要你休息过后为自己人生接下来的句子和篇章,写出更好的未来。

不幸福强迫症

很多人，或者说很多女人，之所以一辈子都活得很痛苦，那是因为她们心中始终住着一个少女，一个拒绝长大、赖着不走的少女。

少女对周遭事物的感受敏锐，对所有变动都无力抗拒与改变。

少女只想要感受到美与良善，却残暴被迫去正视人世的丑恶。

少女总能注意到周遭事物所有细小轻微的变化，像是树叶的尾端开始泛黄了，于是第一片枯叶落下了。

她沉醉在踩过满地枯叶时沙沙的声响，却在转角被迎面袭来的冰雨给冻伤了。

当花苞在努力地挣出头，当蝉缓慢地往树上攀爬，少女都看见了，也感受到了。

当抛妻弃子的男子头也不回地走了，当为了带着孩子继续活下去的母亲舍弃了"当一个女人"的自觉，大人的残忍和坚毅这两种样貌，毫不遮掩地展现在她眼前，她也同样看见了，感受到了。

那时的她就知道，自己长大以后必须要成为什么样的大人。但知道跟做到是两回事，理智告诉她必须如此，自己的行为却常常反其道而行。

在长成大人这条路上，她浑然不知自己被"幸福"这两个字绑架了好久好久。

她日日夜夜努力，让自己可以慢慢朝别人眼中的"幸福"多靠近一点点。她并不像别人所说的，总以为小时候的幸福很简单。

她小时候的幸福不是一碗黑糖清冰，不是考了一百分的考卷，不是外婆的大红包，也不是隔壁班哪个男生递过来的情书……

她小时候的幸福是回到家不会看见被翻倒的餐桌椅，是母亲不再为了生活费皱眉，是自己快快独立自主不再是任何人的麻烦。

她从小就知道"幸福"不是件简单的事，一定要很努力很努力，才可以靠近幸福多一些些。

所以她这一路上都很努力，念书要拿一百分，工作要比别人强，恋爱也照公式去操作。她用名牌堆出品味，找文青感填出气质。

然而，试过的所有努力却只让她越来越无力，她感觉自己离幸福越来越远。

那个好不容易来到身边的人，她会刻意惹怒对方。觉得幸福的时候，她会开始等待不幸的到来，她压抑不了自己硬是破坏两个人幸福现况的冲动。

当一次次泪眼送走拂袖而去的背影，当一次又一次确定自己真的不能得到幸福时，她反而有一种安心感。

因为大家都说幸福好难好难——

怎么可能她会这么简单就拥有？

怎么可以她在还没有饱经风霜时就得到？

一次又一次的失恋让她放心，自己终究是个得不到幸福的人。

就像大家口中说的那样，幸福是一则遥不可及的都会传说，必须付出惨痛的代价才能够换得到。

有一阵子，她甚至还拼命Google到底"幸福"的定义是什么？
后来她累了，不再去计较比谁快乐，或是比谁更有成就。
她的心慢慢放开了，决定放了自己，好好认真地开始生活。
她心中的少女还在，她还是感受得到周遭事物所有细小轻微的变化：树叶的尾端开始泛黄了，于是第一片枯叶落下了。
她沉醉在踩过满地枯叶时沙沙的声响，却在转角被迎面袭来的冰雨给冻伤了。
当花苞在努力地挣出头，当蝉缓慢地往树上攀爬，她心中的少女还是看见了，也都感受到了。
但，现在她明白了这是四季的转换，是人生必须经历的风霜。

当抛妻弃子的男子头也不回地走了，当为了活下去的母亲舍弃了"当一个女人"的自觉，大人的残忍和坚毅这两种样貌，她现在都懂了，也看尽了。
人生自当有该学会要残忍的对象，但绝对不该是像抛妻弃子那样的选择。为了活下去，不得不的坚毅，还可以有不同的取舍。
她终于找到了自己关于"幸福"的定义。
这一路走来，人生的悲喜都尝遍，她终于找到了内心的平衡。放慢脚步，过着她想要的人生，用她要的方式，有她要的人陪，不听、不等别人评价，她给自己最满分的满分。不再强迫自己一定要像别人眼中幸福该有的样子，以自己的节奏过日子，就是她最大的幸福。

她也懂了,就算是已经很幸福的现在,也还是需要一些练习——
练习让自己习惯幸福。
练习让自己懂得珍惜幸福。
练习不把拥有的幸福当作理所当然的存在。

爱情里最美的样子
是从容

当一段感情结束,当错的人好不容易离开了之后,我们有时难免会莫名地怪罪自己:是不是自己做错了什么,才会遇见这样的人?

并且,在这一次的失恋后养成了疑神疑鬼的性格。

曾经的错,让我们害怕了。进而在遇见对的人时立刻逃得远远的。因为在一开始时,我们并不清楚他就是对的那个人。

你放弃等待,拒绝再相信爱情。

你把因为爱情受的伤通通怪罪给爱情,你以为这理所应当。虽然不想再触碰爱情了,但你并没有放弃让自己好好去过每一天。

如果全世界的人都不爱你了,如果全世界的人都不肯对你好了,那有什么稀罕的?

至少你是会好好对待自己,也会好好宠爱自己的人。

你把日子越过越简单,却也越过越自在、越过越自己。

你在经历过了一个人也能过得很好的这些日子后,他居然出现了。你并没有刻意让自己引颈期盼,没有刻意在这条路上等着谁,他就这样地出现了。

你以为是在自己完全没有准备好的状况下,他突然出现的。其实,正因为经历过了这些日子,你才能在这次爱恋中更显从容。

对亚美来说,这一次她相当确定。

两个经历过许多故事、在情海浮沉多时的男女走到了一起,起初自然引来不少好奇的眼光。因为自己心里很确定,所以亚美相当积极主动。

对她来说,女生主动并不是什么丢脸的事,更何况她相当确定,老李就是那个可以和她一起终老的对象。

当朋友问起老李这段初萌芽的感情时,老李一贯轻松自在地回答:"跟她在一起很好。我不管她,她不管我,相当有个人空间的恋爱。"

果然是见过大风大浪的两个人啊!朋友有点羡慕起这样的关系。

不到两个星期的时间,朋友就听说两人陷入了冷战。因为,亚美开始过问起"为什么前女友还会去你的Facebook点赞"这样的事。

"都几岁的人了,谁还没几段过去呢?"老李很无奈地说,"我跟她要是合适,就不会分手了。不过,就还是朋友啊。"老李带着一脸无辜地解释着。接着跟朋友干了一杯,不想再多说。

对女人来说,让她介意的是,那一段她还没来到你身边时,来不及参与的过去。

对女人来说,过不去的是,在你心中是不是还留着一个无法替代的位置给前任。

原来,不管到了几岁的大人,一旦太过在乎,就有可能一秒之间变回那个害怕玩具、糖果被抢走的小孩。一旦确定自己心爱的东西都安好地在视线范围之内,小孩就会变回最美丽善良的天使。

但是，就像老李说的，都几岁的人了，谁还没几段过去？

都几岁的人了，谁可以一天到晚都守在你的视线范围内，保证让你有安全感？如果办不到，难道你们要因为这样虚无的原因分手吗？

那些在你心中蠢动的念头、那些鬼祟的嫉妒来自于你的想象，而想象来自你那颗弱小的、哭喊着不要离开的心。

亚美原本以为这一次自己总算爱得很大气、很大人了，却没想到还是会介意这样幼稚的小事。

她决心要守护这段爱情，不能为了单薄无谓的面子问题、不能为了保有自尊而葬送爱情。这是她经历过这些日子后，学到的全新的恋爱战力。她决定把自己的不安说出来，让对方明白。

经过几天的冷静，两人面对面坦白地把事情讲开了，再次他们大人的、从容的恋爱。

因为确定了我在你心里，我的心就踏实了下来。于是从容地爱你，从容地对待我们的爱情。从容地还给你自由，还给本就属于你自己的时间。因为这样，也还给自己自由，以及自己一个人的时间与空间。

原来，爱情，不是为了把两个人紧紧捆绑在一起。

爱情，是找到了彼此后，还要学会去放手。当不再苦苦相逼着天长地久，海枯石烂就会成为我们的坚持。

04 运气

你明白我有不能轻易放过自己的好强,我懂得你偶尔也想停下脚步休息,我们在自己人生的道路上,以自己想要的速度前进,却依然能携手相伴。

人生最后一场恋爱

我真心喜欢韩剧《太阳的后裔》（Descendants of the sun）中女主角的个性。

姜暮烟她会小心眼，会嫉妒，在职场上吃了亏，会理直气壮去争取——虽然争取过了，还是碰了一鼻子灰；虽然在一蹴而就的机会来到时，还是没办法昧着良心独占，甚至还有亲手毁掉这次机会的可能，但她活得理直气壮，谁也不亏欠。

她不看别人的脸色过活，也不当任何人的麻烦。

当明争暗斗的手段比不过别人的下流肮脏后，她不会笑里藏刀地跟对方假意好好相处，再找时间扳倒他。她不会忍住一时胯下之辱，卧薪尝胆多年后，要你来个加倍奉还。

当咽不下这口孬气时就是咽不下，她会明明白白地讨厌对方，并且让全世界都知道这件事。

虽然明知道这样的处理方式，不是大人该有的样子。虽然明知道这么明目张胆的情绪，对于处理事情一点帮助都没有，但她还是忍不住这样做了。

多像你，也多像我。

这个世界根本没有大人，只有一群被逼着不得不长大的小孩。

"口蜜腹剑"的道理我们都懂，但无论如何自己都做不到。面对讨厌的对象，我们的嘴角连动都懒得动，就算勉强挤出了笑容也比哭还难看。

我们知道不能太轻易相信一个人，面对来意不明的陌生人必须要有戒心，但还是会在别人需要帮助时，忍不住先释放出善意。不管被伤了几次、被背叛过几回，面对一张笑脸还是会先伸出手。就算最后被对方拉下了悬崖，也还会在摔死之前，庆幸自己没有失去帮助人的善心。

她就是个有血有肉，生活在我们周遭、跟我们相似的人。

无法掩饰自己对名利、金钱的渴望，但事到临头要出卖灵魂来换取荣华富贵却如何也办不到。

在情场上败给别人，羡慕长得比自己漂亮的人，甚至还偷偷讨厌着她。喜欢一个男人会老实说，不来那种让自己受尽委屈然后成全别人的这一套戏路。

她很清楚自己的优秀，明白自己的出色，但在爱情刚刚要开始的时候，还是难免不安，在情敌出现时，也毫不掩饰地嫉妒着。

在爱情面前她固然不会退让，但绝不会为了爱一个人而不要自己的梦想。她太清楚太明白，当初让这个男人心动的自己，就是那个为了梦想赌上一切的女人。

聪明的女人不会为了任何人放弃梦想、丢掉自己，否则你不会是他当初爱上的模样。自然也不会是可以让你自己骄傲的模样。

觉得这段感情不合适的时候，她会忍痛主动提出分手。当然，事后会免不了难过，但就算伤心流泪也不会让任何人发现。

怎么可以承认自己正在悼念自己一手结束掉的感情呢？

因为太清楚自己想要什么了，所以，理智和感情拔河时会分外的痛苦。因为太清楚自己想要的感情是什么样子了，所以主动划下了句点。

但，命运不肯放手，老天爷硬要插手这盘棋。

再一次的相处过后，越来越了解对方，也越来越喜欢上对方，更明白了对方的为难，为此而陷入了无比的挣扎。

挣扎又挣扎过后，姜暮烟敢于纠正自己的想法，敢于主动出击，明明白白说出自己在爱情里的恐惧，不必你猜。

这是她在这段感情里最勇敢的时候。

因为更加了解对方，她先是奋力改变自己原来的决定，接着勇于面对自己想法的改变，再明明白白向对方承认自己之前的错误，希望这段感情可以继续下去。

两个人相处得越久，要面对改变的机会就会越多。

"改变"是个复杂的名词，它可以是负面的，也可以是正面的。

刚在一起的时候，为了要好好相处下去，会先经历"磨合期"，这是正面改变的开始。改变不可能逼迫一个人背离他原本的个性，除非是发自内心的痛定思痛。

一开始的改变，可以改的是习惯，是对待彼此的方式，但随着在一起的时间越来越长，改变这件事的样貌会开始变得模糊，并且让人害怕。

在《珍妮的婚礼》（*Jenny's Wedding*）这部讨论女同志婚姻的电影里，父亲和当时还没出柜的女儿Jenny，聊到了经历这么多年的婚姻他的感想时，说了这段话：

Everybody changes.

If you're with the right person and they change,

you meet the right person all over again.

每个人都会改变，如果，跟你在一起的是那个对的人。

就算，他变了，也只是变成了另一个对的人。

一段对的感情，一个对的人，势必会一起走上很远很远的路。而在这段很远很远的路上，不只是他，你也会改变。

不要害怕"改变"，改变意味着两个人一起前进的力量，改变意味着认识更多彼此的样貌。一成不变的相处模式，才是你应该要害怕的。

说穿了，每个人想要的爱情本来就不必有多伟大。

我只想要可以天天跟你抱怨着：想绑个马尾却连发圈都没有；那个靠后门当上教授的家伙，今天又来我面前耀武扬威了……

我只是想要你专注听着，听着我叨叨念念这些微不足道的、爱计较的、小心眼的琐琐碎碎，如此而已。

最好的爱情是——我们其实都可以在各自的生活里，一个人精彩着。但，因为你爱我，因为多了你看着我的眼神，我会更加耀眼。

这是我们的爱情，1+1>2的道理。

当我们在各自的人生里过得从容，涉足对方的人生时，还多了自在。

当我们都清楚，就算再吵、再闹，这双手都不会轻易松开对方。

当自己一个人能把日子过到最好，正是适合开始人生最后一场恋爱的时候。

在爱情中学会单身

"我是不是只能一个人过日子了？"你说。话才说完，眼皮像是跟肩膀一起，垂到了地上。

"一个人"这三个字从你口中说出来好悲戚啊！老实说，我有点生气。

你知道有多少人羡慕你现在自由自在的生活吗？

你知道有多少人卡在一段错误关系无法摆脱吗？

你真的知道一个人有多好吗？你不知道。

为什么不知道？

因为你只想到——他不要你了，他离开你了，你再也不会爱上任何人了。

这些都是屁话，我坦白地说。

现在的你不会相信，但我还是要告诉你：现在的无助、难过、孤单到要死，都只是过程。

在这样死去活来的过程前头有两条路：

继续消沉一辈子，继续自怨自艾浪费一辈子的美好人生。难过他离开你、你被留下了。

或者是，带着伤痛，把每一天过好。带着伤痛，学着独处，学会一个人过开心的日子。

我常说：当两个人都懂了一个人的好时，两个人的好才能一直好下去。

我们每个人都是独立的个体，我们一生中每天的24小时不会都有人陪，学会一个人过日子是人人必备的生活技能。

人生就是学习的过程，就算被分手、被留下，也是一种学习。

学习接受并不是所有人都会爱你，学会知道你给的爱并不是他想要的，更学会在下一次的恋爱中好好去爱。

而现在你的痛苦、难过、无助、绝望，通通都是你必要的学习。

学过了这一回，你就会更清楚地明白，伤心会在某天成为过去。

虽然现在的你单身一人，但将来当你有伴了之后，就算处在两个人的状态，其实也是一样的。

你要在爱情中学会单身，要在爱情中记得当初一个人是怎么过日子的。你要学会爱着一个人的同时，不需要牺牲奉献什么，爱自己才更重要。

你要记住在爱情中，自己也可以独立潇洒，同时需要对方、依赖对方。

就像猫，不管有没有人在身旁都怡然自得，从容美丽，一旦开始撒娇，总让人无法抗拒。

也像《X特遣小队》(*Suicide Squad*)里的小丑女哈莉·奎茵（Harley Quinn），爱得黏腻又洒脱，爱得深刻又自在。就算爱到可以因为小丑的一句话,没命地跳进了化学药剂池水里;但是当两个人分开了,当小丑不在身边时,她依然邪恶迷人,风情万种。

在这部电影中,小丑女出场时,背景音乐开始唱起了 *You don't own me*(《我不属于你》)。

And don't tell me what to do,
And don't tell me what to say.
不要告诉我要怎么做,
不要管我该说什么。

Don't try to change me in any way,
You don't own me.
不要试图改变我,
我不属于你。

So just let me be myself,
That's all I ask of you.
就让我做自己,
这是我对你唯一的请求。

虽然爱着你,但我依然保有我自己,我是自由的个体。

我可以专注地爱你,也专心地继续做我自己,并不会因为你而勉强改变自己。我可以为了我们的相处调整自己,并保有最原来的我迷人的模样,也是你当初爱上我的模样。

爱情里的单身，不是要保住自我的身价，继续驰骋沙场取得更多对象的爱。

爱情里的单身，不是要欲擒故纵、刻意激发对方的不安全感，让他更离不开你。

爱情里的单身是，爱不爱你我自己决定，因为爱你这么愉快我打算继续下去。

爱情里的单身是，不指望谁是你的救赎，你就是自己挥舞宝剑屠龙的王子。

爱情里的单身是——就算是一个人也能走得够远，但两个人一起就有可以分享沿途美丽风景的对象。

你要在爱情中学会单身，不会因为他不在，生活就没有重心，变成废物。你要让他在爱情中保有单身，保有他单身时的兴趣、兄弟、生活质量。

因为心里踏踏实实拥有他的爱，你知道自己可以走得更远，就算有的时候他不见得会在你的身边。

再爱一个人，也要留给对方单身般的自由与空间，这样的自由与空间也是留给自己的。

如果，人生每一次的相遇，当真都是久别重逢。那么，每一次的分开，也应当是为了要再相遇，为了要再跟下一个对的谁相遇。

◇ ◇ ◇

爱上你是失控的意外

有些男人脸上总是面无表情,他的情绪走在一条直线上,没有什么喜怒哀乐,很少有人看见他的情感波动。

他不好亲近,脸上很少会有笑容,看起来总像是在生气,却也没听说过有什么暴烈行为。

他对人还算客气,总会维持基本的礼貌,你不会觉得他傲慢,却始终有一种生疏的距离感。只有在偶尔看见他腼腆的笑容时才明白,原来他本性是良善的。

他总是不远不近,不让人过多知道关于自己的事。

就算认识了好多年好多年,别人也不太会知道他喜欢什么、童年过得如何,甚至家里有几个人、住在哪里。

他寡言,很少谈论自己,他独来独往,从小到大往来的朋友就是那么几个。他不是坏人,对人保持距离一方面是懒得交际,一方面更是因为曾经被狠狠地伤过。

这样的男人在情感表达上有一定的障碍,真要追究起来,不仅仅是因为从小到大的环境里,身教或言行都没有人告诉过他"如何去爱人",恐怕还有曾经历过的伤痛,才是让他紧闭心门的最大原因。

为了避免受伤，他已经养成了一种习惯：把善意降低、把敌意放大。当发现自己想要对人付出就会下意识收敛，不让自己表达出原本百分之百的善意。当感觉即将遭受攻击，他会自动启动敌意并加以放大，用更凶狠的表现和言语呵斥、逼退对方。

他习惯了以对方的反应为基准点，去调整自己的言行举止，是放大还是收敛情绪。久而久之，也就忘了听听自己的心怎么说，忘了问问自己的心想要怎么做。

他不让自己最真实的情感表达出来，他认为那是软弱的元凶，是不被允许的。他会说些狠话或用不耐烦的语气来替代原本关心的话语，他会不多解释就粗鲁地伸出援手，不期待任何人的感谢。

爱上这样的男人是痛苦的。一旦开始面对爱情，他只会更加不知所措。他不是故意对你说话特别大声或冷淡，只是因为面对的是你，他就不再像原来那样冷静的自己。

他之所以总是插手管你的事，是因为他只会注意到你，没办法不管你。

他边处理着你的麻烦，又边说你是麻烦。不是因为他不耐烦，而是——如果不这样做，他的嘴角就会止不住地上扬。

他不认识这样陌生的自己，爱上你对他来说是失控的意外。

爱上这样的男人之所以痛苦，是因为一开始你就会在他反反复复的表现里，心情跟着上上下下。

他跟自己抗衡着，抗拒着爱上你却又控制不了自己爱上你，但不擅长表达情感的他，自然是在短时间内无法把这样的矛盾情绪化解开来的。

他会突然不可抑制地热情，而后又急急忙忙地把你推开。一直到他跟自己好好沟通完毕，在这之前，他都会让你因为搞不清楚他的心意而饱受折磨。

女人不是不领情，也不是不懂得你对她有多好，有多特别。只是，女人需要听见你的解释、你的保证，好让她自己知道，不是自己会错意、自作多情。

毕竟，当初能有多温柔，后来的冷漠就会有多伤人。

如果，你愿意继续为他等待，如果，你可以再给时间忍耐——在他完全说服自己之前、在他能够敞开心胸之前，那就好好地欣赏他只对你一个人的专属霸道吧。

霸道，正是这类男人不懂修饰的温柔。

◇ ◇ ◇

别老用平行时空来安慰自己,我始终相信每一个决定的当下,都带有自己当时的勇敢与自信。

老套恋爱情节之必要

周一的一大早，小艾和阿仁一前一后排在办公大楼大厅的长龙队伍里，依序等待着搭电梯进公司打卡上班。

"我昨晚看了三集的《朝5晚9》，还蛮好看的耶！"阿仁说。同样身为日剧迷的两人，兴奋地分享着最近的观剧心得，"但我同时也觉得自己很糟糕，这么老套的剧情居然会吸引我！"

听他这么说，原本打着哈欠的小艾大声笑了出来，引来了排队人群里一些好奇的眼光。

"啊哈，我的感想跟你一模一样！"

两人开心地High Five。

"我觉得自己是不是把标准降低了，明知道和尚被误会后接着的剧情，一定会是他又做了什么老套的、感人的事，于是误会解开，但我还是哭了！"

她一讲完，阿仁也忍不住哈哈大笑。

"对，居然被那样老套俗气的爱情给感动，我们完蛋了！"阿仁开玩笑地下了这样的结论。

他们热烈讨论着的是一部日本偶像剧《朝5晚9》，故事情节设定很吸睛。

女主角樱庭润子是一家英语会话学校的讲师，最大的梦想是可以到海外生活，所以她总是拼命地争取所有可能调派到纽约总公司的机会。只是，人算不如天算，就在她快满29岁的这一年，被频频催婚的她被父母安排跟一位和尚相亲，而且这位和尚居然对她一见钟情，非她不娶。

这虽然是一部依照畅销漫画改编的偶像剧，但在日剧角色的设定上却跟原著截然不同。

在剧集里，女主角润子是个单纯、没什么心眼，更是没什么恋爱经验的女孩，对身边暗恋着她的人发出的善意，甚至也常常感受不到。

年轻帅气又多金的和尚，由山下智久饰演，因为从小生活在严厉的教育体制下，他很压抑自己的情绪，喜怒哀乐总是不形于色。就算是面对自己喜欢的对象，也不知道什么样的举止行为才能正确传达自己的心意。为此闹出了不少笑话，更让润子相当困扰。

男主角的设定很符合爱情罗曼史小说男主角必备的：有钱、帅气、霸道、专情，但这部偶像剧之所以让小艾和阿仁这一男一女都觉得好看，却不是因为这个原因。

每当看到帅气和尚对润子说出一些像这样的台词：

"认识你之后，我的人生变得一团糟，我不知道自己到底怎么了。"

"没有你不行，你一定要陪在我身边，你不在身边我什么都做不了。"

"我离不开你了,我只要你,换作别人都不行。"

……

不管是在情场征战了多久,伤过人或被伤过多少次心的男女们,都被这些俗气、老套的对白给感动了。

这么坦白赤裸的话,现在的人已经很少说了。

现在的人很少这样谈恋爱了,现在的人不谈这样老套的恋爱,不说这些老套的恋爱话术,更不会安排这样老套的恋爱桥段。

现在的人不再像李维菁的《老派约会之必要》书里所写的:

"带我出门,用老派的方式约我;在我拒绝你两次之后,第三次我会点头。"

"不要msn敲我,不要Facebook留言,禁止用What's App临时问我'等下是否有空'。"

"我们要走很长很长的路,约莫半个台北那样长,约莫93个红绿灯那样久的手牵手。"

……

现在的人谈恋爱前,要先确定自己不会受伤,先保护自我顾及颜面。

现在的人不能接受第一次邀约就被拒绝,一旦被拒绝就会立即放弃。

现在的人暧昧了几天就要在一起,无法成功在一起就尽快换人暧昧。

现在的人不会为了对方奋不顾身,没耐心慢慢跟对方磨出一段爱情。

但，只存活在偶像剧里那样老套的爱情模式，才是爱情该有的样貌，只是现在的人不这样谈恋爱了。

现在的人用动画贴图传达爱，用免费视频见面，善用这些方便的工具拉近两人的距离。却也因为短时间就把距离拉到太近，取代了用长时间慢慢酝酿的温度，因而轻易地扼杀了爱情。

像我们这些暗暗嘲笑着偶像剧里的恋爱剧情，却又被那样的老套给感动的老派人，才是最难搞的一群。

我们搞不定自己，在已经不相信爱情的年代里放不下老套却又渴望创新，不管是老派还是新潮，就连场恋爱都谈不了了。

再爱一个人，也要留给对方单身般的自由与空间，这样的自由与空间也是留给自己的。

◇◇◇

赤名莉香的白色大衣

《东京爱情故事》（*Tokyo Love Story*）问世25周年，原著作者柴门文打算绘制续篇的消息，在我周遭的朋友间引起了不小的轰动。

大家的记忆一下子被拉回到二十五年前，那个刚刚接触日剧、刚刚尝试着想要搞懂恋爱是怎么回事的年纪。

当年，你是不是也好想拥有一件赤名莉香的白色大衣？

那年，你是不是也真的买了永尾完治的浅卡其色风衣？

在我们都还那么懵懂的年纪，想要成为什么样的大人，想要谈一场什么样的恋爱，连自己都不是那么清楚。于是，莉香和完治还有与他们相关的一切就轻易地盘踞在我们的大脑，左右我们的思想行为，不管是他们穿的、用的、吃的、说的，还是，爱的……

我们本来以为，当个上班族就是得打扮成像他们那个样子，把西装套装穿在里面再套上大衣。

后来，我们才发现在很多地方，浅色的大衣不但容易脏，而且对气候湿冷的城市来说并不是太保暖。

我们本来以为，爱一个人就要像莉香那么炽热、专一，委屈的眼泪要往肚里吞，只能让对方看到自己最灿烂的笑容。

后来，我们才知道专一是必要的，但炽热的爱，是无法燃烧一辈子的。

一辈子那么漫长，在两个人相处的日子里总不可能天天放晴。如果他总是在雨天时让你独自撑伞，那他根本不配在晴天时拥有你灿烂的笑容。

"完治，你喜欢东京吗？"莉香带着一贯的灿烂到让完治睁不开眼的笑容问。

"喜欢呀！但爱媛比较适合我。"完治又是一贯愁苦的表情，用他满腹心事说不出口的样子回答。

这样两句看似生活的对话，却简单让我们明白了"相爱容易相处难"的道理。

你喜欢白色大衣吗？

喜欢呀，但是黑色更适合我。

因为黑色耐脏耐看，就算每次穿起白色总被人夸好看，但我却一天到晚提心吊胆着会弄脏它。

莉香呀，你的笑容很美但太灿烂了，我觉得刺眼。

莉香呀，你给的爱很暖但太热烈了，我觉得沉重。

爱情对完治，对每个人来说，都是人生很重要的一部分，但就只是一小部分。每个人的人生同时还要被切割成许多部分，现实的人生就是没办法只奢侈地享受着爱情的甜美，而不去理会其他方面的苦涩。

人生还包括了试图在大都会生存下去的压力、现实与梦想的抗衡，以及许许多多连说都说不出口的孤单心事。

后来的后来，在故事最后的最后，当莉香选择了搭上前一班的电车离开时，她已经为向来犹豫不决的完治做出了最好的决定。

而这么多年后的我们，在大衣的颜色、陪伴在自己身边的人，种种选择之间挣扎过了几回，终于在一次次的错误又再去尝试后，终于在犯过的错足够多了之后，搞懂了爱情与生活的颜色。

终于，在那个想要好好去爱、也可以一起相处下去的人出现时，我们懂得了应该要留在彼此身边。

在年纪越来越大了之后，容易觉得自己越活越回去。

日子会越过越缓慢，开始在意起过生活该有的痕迹。

像是，好不容易可以放空的假日早晨，慢慢准备一顿早餐，捧着冒着热气的奶茶，慢慢喝下的那第一口，就是疗愈一整周疲惫的配方。

还有，为了不想去到人多的地方，只好克服了懒散，简简单单地下厨喂饱自己，却意外地在慢慢烹调的过程中，也疏解了许多压力。

开始慢慢懂得生活，或者是说，在意起生活该有的痕迹后，当选择起属于自己爱情的颜色、谈起恋爱时，脚步自然也是慢慢、慢慢地。

该说是害怕再受伤吗？

你自己是知道的，比起受伤，你更害怕两个人在一起后的不自在。

怕一个人的惬意被两个人打坏，怕一个人的安静被两个人搞砸。

而事情的后来，远远超出了你的想象——

原来，真的会有那样的一个人就算安安静静陪着，也不会让彼此感到尴尬。

原来,真的会有那样的一个人在一旁自顾自地,也不会感觉被忽视或冷落。

原来,不必拥有像是赤名莉香或永尾完治那样人手一件的大衣,只要是一件可以让你穿得舒适、还保有自己原来的样子,并挡得住外头凄风苦雨的外套,就比什么都来得重要。

◇◇◇

就算每踏出一步之前都还在害怕着,就算每踏出一步之前都要深深呼吸,你还是鼓起了小小的勇敢,为自己迈开了小小的、慢慢向前的脚步,让自己可以继续把人生过下去,而不是仅仅停格在那个让你伤透心的瞬间。

信号里的暧昧信号

《信号》（*Signal*）被许多人封为年度必看韩剧，其被讨论的热烈程度不亚于轰动全亚洲的浪漫爱情偶像剧《太阳的后裔》。

这部韩剧被大力推荐的原因，除了剧情紧凑、画面精致，直逼电影之外，还包括深入讨论社会相关议题的用心。而我却在追完剧后，为戏中年轻的男主角朴海英不被响应的感情落寞不止。

这部众人口中的神剧是一部科幻穿越推理剧，故事描述了一位擅长心理分析的罪犯侧写师朴海英，被发派到以女主角车秀贤为首所组成的特别小组，负责侦办韩国多年无法破解的悬案。

他在因缘际会之下拾获了一部旧式对讲机，更加不可思议的是，他居然借由这部对讲机，跨时空联系上了十五年前的警界前辈李材翰。当时的李材翰还是个年轻莽撞、为了破案常常不惜顶撞上司的热血警员。

通过这样科学上无法解释的沟通途径，他们一起连手破解了多起警界尘封许久的悬案，两人之间建立起深厚的信赖感。

女主角车秀贤是李材翰的后辈，十五年前的她刚进警界，总是泪眼汪汪地跟在他身后，而十五年后的她已经是可以独当一面的刑警了。别说眼泪了，连笑容都很少看见，在同事眼中她就是个女汉子。

在前几集中，编剧曾经轻轻点出了车秀贤跟朴海英两人之间的暧昧情愫，但这样刚刚燃起的火苗，在他得知车秀贤对李材翰的感情后戛然而止。

车秀贤、朴海英两人一开始的水火不容、互不信任，在夜以继日连手查案的相处中慢慢瓦解，取而代之的是深深的羁绊、生死与共的革命情感。

除了这些工作伙伴必定会有的感觉之外，在他的眼里，车秀贤不只是个火里来刀里去都面不改色的资深前辈，她还是个女人。

只有他，把她当女人看。

当男人感受到对方是异性时，就是他对她感情萌芽的开始。

因为意识到她是女人，在你眼里，她就已经不是任何一个谁，你会对她产生心疼、舍不得的情感。

在车秀贤一次不顾自身安危受了伤之后，朴海英终于忍不住说："女人的脖子怎么可以伤成这个样子？"

在另一次破了个大案子后，不忍心脸上受了伤的她还要拖着疲惫的身心回办公室写报告，他又霸气地挺身而出帮她解忧，临走前还不忘提醒："脸上的伤记得擦药，要按时吃饭也要记得休息。"

自己一个人回到办公室后，把玩着帮车秀贤准备的去伤疤药膏，朴海英怎么样也送不出手。

甚至，在面对她家人的使唤时，他也总是耐心地一一回应。

他这份情感车秀贤不是没有察觉，好几次她的脸上都闪过压抑着的惊讶神情。

只是，女人天生就是没有自信的物种。对自己的身材永远不满意，面对工作、家庭永远战战兢兢，更别提面对爱情这个选项了。她怎么敢相信眼前这个男孩会对自己有特别的情感？

虽然，自己对他除了信任，好像也越来越依赖了。

陷入这样的状况里，女人到底该如何选择？该选在天真烂漫的年岁里遇见的让你心动的男人？还是那个看穿你藏在坚强下的柔软和脆弱的男孩？

会迟疑迷惑，是难免的吧？

毕竟，等待那个男人已经成为你一个难以根除的习惯。他是你最初的心动，他见过爱哭的你，他懂得你的不服输。

对你来说，他是你总在仰望的、高高的那片天。那时的你梦不太大，在他身边就是你想要的全世界。见到他，你就回到了当初的自己——那个傻气、不懂得人心险恶、容易心软，还没有学会用凶狠去伪装自己的女孩。

而如今这个年轻的男孩却轻易地、一眼就看穿了现在这样的你。

看穿你再没把握也不会轻易退让的倔强，看穿你的坚强是跟脆弱并存的强大盔甲。

只是，在明白了你十五年的等待后，他收回了自己对你的情感。在自己连命都快不保的时候，还提醒着你一定要把男人给救回来。

那样的坚持不只是男孩跟男人之间未曾谋面的友谊，更是因为他懂得失去心爱的人的那种绝望。

就像，他当初曾经失去你。

我不是车秀贤,不能代替她决定她的人生。

我只知道对女人来说,懂得保护我的软弱固然让人心动。

然而,在我冲撞得遍体鳞伤后,为我抹去泪水、包扎伤口,依然不会阻挡我的去向,支持着我的坚持,那才是一份够尊重我的爱情。

现在的女人要的是一份平等的爱情,没有谁弱谁强。

你明白我有不能轻易放过自己的好强,我懂得你偶尔也想停下脚步休息,我们在自己人生的道路上,以自己想要的速度前进,却依然能携手相伴。

如果《信号》还有续集,不知道朴海英的这份感情会不会得到响应?

长成大人之后，我们太容易忘记"痛就要说"
"流泪不可耻"这样简单的事情。

◇ ◇ ◇

谁是你的不可或缺

会想看韩国电影《内在美》(*The Beauty Inside*),是因为剧情设计得实在太有趣。

男主角禹镇在自己18岁那年的某天,一觉醒来发现镜子里一张不认识的面孔,正瞪大了眼睛看着自己。

只是经过了一个跟平常没什么两样的普通夜晚,他的外表就突然变了,变成了一个连自己都不认识的陌生人。

何其让人心慌的巨变,分明这个陌生的躯壳里装着的还是原来的自己。而且,这个谜题无解,你只能无助地眼睁睁看着自己一天天无法预期的变化。

如果剧情的设定只到这里,那就跟其他变身电影没有差别了。后面的发展顶多就是他要克服新的面孔,然后某天找到真爱之吻——通常解药都是这么设定的——就可以找回原来的自己。

但这部电影的剧情不走这一套,禹镇的脸每天都在变,身体、性别,就连国籍也是。在每一个他闭上眼睛睡着之后的隔天,他都会变成一个跟前一天不同模样的自己。

世界上有两个人知道他这个秘密,一个是妈妈,一个是小时候的好朋友——在误打误撞之下发现的。

因为这个秘密，他足不出户，越来越孤僻，但所幸他是一位家具设计师，从设计、施工到完成都可以自己搞定，不假手他人，至于销售就交给了好友全权处理。

认真过着深居简出日子的他，有一天却动了心，爱上了常去的家具店店员李秀。每天都会换一张脸的他，连明天的自己会是谁——是男是女、高矮胖瘦、说着哪个国家的语言——都不知道，怎么去告白？又如何让别人爱上这样一个不确定的自己？

后来，他们的爱情故事还是发生了，因为他没有放弃尝试，并且相当地努力。但当我们把这诡异的状态转到女生的角度去思考时，就会明白，谈这样的一场恋爱，对女人来说难度有多高。

首先，最重要的安全感，到底该怎么办才好？

李秀说的一段话，道出了在这段恋爱关系中她的为难："记得他说过的每句话、一起去过的地方、餐厅，却记不起他的脸、他的微笑。"

他像孩子般的笑、他熟睡时放心的神情、他有心事时两眉间会挤出的皱纹，这些画面当他不在身边的时候，都为你提供着养分，让你思念并壮大你们的爱情。

如果，每天都要重新去适应与熟悉身边人的外在，那么，安全感到底要从何而来？

你永远不知道他明天会是什么模样，那要如何忍受一个自称是你男人但对你来说却是完全陌生人的亲昵接触？

就算他只是想要牵起你的手。

这样的爱情，只是想象就太难、太难。

在亲眼看见禹镇面容如何变化的那个清晨，李秀惊吓到匆匆忙忙

离开，回到自己家中，接着疲累到沉沉地睡去。

这些日子里，她努力压抑住内心的不安，鼓起勇气接受这段爱情，却成了大家口中每天都跟不同男人见面的女子。

外在压力造成的睡眠不足，影响了她原本优秀的工作表现，也被旁人解读成"私生活太过精彩"这样讽刺的流言。

在终于知道她的压力后，禹镇选择离开。

我们总是这样的自以为是，任由自己的想象解读他人的情绪与人生。

我们总是这样的自以为是，用自己认为是为了对方好的方式去爱人。

吵架时，我们总会气到希望这个人马上消失，希望他的缺点可以变不见，但这些让人难以忍受的地方，也正是构成这段感情的一部分。

除了最简易入手的欣赏，两人的相处更难的是包容。明明知道对方不可能改变，却还是要试着磨合，找到可以互相接受的角度再一起过下去，这才造就了一段感情的难得与不可替代。

要怎么知道对方是不可缺少的陪伴？

要怎么知道他就是那个你在等的人？

当你发现他那些让你难以忍受的缺点，在他离开你身边之后都不足挂齿了；少了他在身边的难受，比起那些让你气到冒烟的缺点，还要痛时，答案，早就通过心痛传达给你了。

离开，是相对容易的决定。

留下，要面对的更多更难。

但是，当你们可以一起经历那些更多更难时，就会知道，对方是自己的不可或缺。

谈恋爱的好运气

热到让人失去任何多余念头的夏天,一大早繁忙的街头,塞满了认命的上班族。

小夏是其中一个。

虽然说名字当中有个"夏"字,但这并不代表她喜欢夏天或者她特别能适应夏天。

从住处走到捷运站要花上十五分钟的时间,虽然一身汗,还会被晒得头昏脑涨,但那却是一段安静的时间,可以听自己想听的音乐,看一成不变的街景放空。

这天一大早的温度就直逼35℃,距离捷运站只剩五分钟不到的脚程。走到六线道的路口,等着可以直行的绿灯亮起前,她躲到人行道的树荫底下拿出手帕擦着汗。

此时,耳机里传来号称疗愈系女歌手声嘶力竭地唱着因为有她了解你的孤单,你永远不会是一个人的歌曲。

小夏想起前两天关于她高龄产子的新闻,那一刻,深深地觉得她背叛了所有人。

至少，背叛了一直喜欢着她的自己。

一直以为她懂得自己，懂得那种已经准备好"自己一个人活到老"的认命。

一直以来，也因为她歌声里，那份对孤单满不在乎的倔强，给了自己好大的力量努力一个人生活着。但原来，女歌手一直有个固定交往的对象，两人不但在去年结了婚，现在连孩子都生了。

女歌手以一种像是赶着要跟谁炫耀的决心，边光速般往前冲，边闪动着企图让她瞎眼的光芒。

"干吗！急着跟谁交代呢？"小夏恶狠狠地想着。

她突然有点烦躁，不太确定是不是因为大大的太阳，正透过树叶缝隙照得她睁不开眼。

今天出门太匆忙了，居然忘了戴上太阳镜，她不开心地扁了扁嘴，安慰自己：等钻进捷运里就没事了。

这时，与她前进方向垂直的信号灯就要转变——黄灯正灭而红灯顺势亮起时，就在音乐停歇的瞬间，她听到一串长长的、刺耳的金属摩擦声，透过耳机模模糊糊地闯进她的耳中。

发生了什么事？

她直觉反应转头往左看，只看见一辆摩托车正紧急刹车停在距离她不到一米的位置。

这是什么状况？

晾在小夏眼前的是驾驶者一张惨白慌张的脸，这个年轻女孩一边惊慌失措不停地说着什么，一边低头向她鞠躬。

原来一心想闯黄灯冲过马路的她，要不是车刹得快，差那么一点点就会撞上分明好好站在人行道上的小夏。

在毫不知情的状况下，自己在鬼门关前绕了一圈又被丢了出来，莫名其妙身陷险境逃过了一劫！意识到这件事后，小夏这才惊吓到手脚无力。惊魂未定的她强打起精神，缓慢移动到捷运站里，钻进车厢，找到位置坐了下来。

自己算是个好运的人吧？她开始胡思乱想了起来。

认真回想，好像总有个守护天使在默默保护着自己，让自己逃过了好几次生死惊魂的瞬间。但也可能正是因为这样，有得必有失。当人生的运气都用在避开危险上，自然就不会有谈恋爱的好运了吧？

虽然从小桃花就没有断过，一路走来，好像也不乏爱慕的眼光或是追求，但这样就算是好的恋爱运吗？

旁人总觉得她不缺恋爱对象，但其实她很缺，天知道她还真的是很缺。

恋爱跟工作都需要很大的努力。对她来说，努力工作是个不会背叛她的选项，也保障了她生活上的自给自足。相较于工作上的努力，她可以得到实质上的回报；而恋爱带给人的，更多的是无力与无奈。

撇开想要找到看顺眼的对象就有种种的困难不提，就算是好不容易找到了，两个人也都愿意好好认真地相处与交往，但**并不是两个足够好的人，就可以拥有一场足够好的恋爱**。

小夏觉得自己特别需要谈恋爱的好运气，但却不知道这样的好运，可以在哪个网站或是保证24小时到货的购物中心买到。

如果能够像浮士德一样，在命运被改变的那一天，遇上了恶魔偷偷出现，还用阴森森、怪腔怪调的语气对她说："我可以给你谈恋爱的好运气，但要用你的良心来交换……嘿嘿，嘿嘿……"

她应该会毫不迟疑地选择当个没良心的家伙,来交换这一辈子还不曾有过的恋爱好运,但偏偏她是个连遇上恶魔这样的运气,都不会有的家伙。

　　她满意现在的生活:经济独立,日子也过得够精彩。当然会寂寞,但时间却又很快被朋友和一堆想做的事情占得满满的;虽然她足够爱自己,却也需要被男人盲目的宠爱与不理性的赞美。

　　偶尔感觉脆弱,面对无力解决的生活琐事,会让她沮丧到掩面痛哭。但她同时也够理性地知道:一个男人并不是可以帮忙打开柚子茶玻璃罐或面不改色地收拾小强,就可以让人爱上他,甚至让两个人开心地过上一辈子。

　　可以携子之手,与子偕老有多难,她都知道,也自认为准备得够好了。

　　现在,她只希望自己的勇敢可以撑到谈恋爱的好运气发生在自己身上的那个时候。

　　她始终没有放弃,也一直还在期待那样的恋爱好运——突然认识了一个人,在还搞不清楚相处的诀窍之前,两个人已经开开心心、傻傻地牵着对方的手,好好地过了一辈子。

05 自己

名片只是一张薄薄的纸，当你不在那个位置后，真正还能看得到你的人有几个？人生才是你一辈子的职业，而工作只是这份职业当中的一小部分。

名片
只是一张薄薄的纸

因为对自己不满意，我们鞭策着自己要不断努力。

因为对自己有要求，我们为了更高的头衔而拼命。

在工作这么多年后的现在，你有停下脚步来想过，对你来说，人生真正重要的是什么吗？

你开始工作了几年，很多状况已经得心应手。面对重大客户，你成了指定窗口，因为他们都觉得同事之间，只有你听得懂人话。谈判桌上的凝重气氛再也吓不了你，谈笑之间，你已经可以轻松搞定任何案子。

回想起以前那个光是递个名片，就搞得手忙脚乱的自己，你忍不住哑然失笑。只是，当时就算天天都慌慌张张却什么都不怕的那个年轻人，让现在的你相当想念。

那个什么都还没学会却天不怕地不怕的年轻人，面对任何状况最常挂在嘴边的一句话就是："没试过，怎么知道不行呢？"

然后，他就跌跌撞撞地去试了。

现在回想起来，你总是满满的感谢。

年轻时候的自己是相当幸运的，顺利过关了几回，虽然更多的时候，还是免不了横冲直撞到头破血流。但那时候的你什么都不怕，那时候的你只怕自己没有机会可以去试。

不知道从什么时候开始，你离那时的自己好远好远，远到自己都看不见了。现在，就算是闭着眼睛也能轻轻松松把事情办好，现在的你凭着惯性过着日子。

你突然想念起那时横冲直撞的自己。

只是，你更加喜欢现在的从容自在。

工作不再是生活重心并不是因为太过疲累，是因为你学会了调整。

工作本来就不是人生的全部，就像恋爱也不该是人生的全部一样。

你在20岁时无所畏惧地勇往直前，在30岁因浑身是伤而变得愤世嫉俗。在这几年间，你谈了一些恋爱，自私地以为受伤的都是自己。后来才明白，只要真心付出过，不管先离开的是谁，没有人的心里没有伤。

到了40岁，你终于学会放慢脚步享受成长的疲惫，接受自己的无助，感觉生活的重要在于跟真正重要的人过好每一天。不是因为敌不过现实的妥协，而是你真真切切地在这么些年努力过后，得到了领悟。

在职场上努力了太久，在重要的位置待了太久，会让你放大了自己的重要性。

你始终没有忘记提醒自己：在刚刚站上高位时，让你变得重要的，是这个位置。等到起身离开时，能让你依然重要的，是当初一路努力到这个位置的自己。

名片只是一张薄薄的纸，当你不在那个位置后，真正还能看得到你的人有几个？

人生才是你一辈子的职业，而工作只是这份职业当中的一小部分。你的人生还有爱情、家人、旅行、休闲和梦想，这些部分都包含在你的人生志向与职业中。

没有人能为你的人生负责，什么才是重要的，全靠自己来取舍。

只是我们总是贪心，认定当奋斗向上时，人人都该懂得体谅。

只是我们总是以为，许多事情不那么急，很多人可以一直等。

没有人有责任总是等在那里，等你终于有时间回头看看他好不好、还在不在。

没有人必须停下自己的脚步，任谁都有自己的人生，要去完成你不明白的梦想。

再说，并不是每个人的梦想都是出人头地、功成名就，像从前的你一样。

名片只是一张薄薄的纸。在这个年纪之后，你开始有点明白了这个道理。

那些准时九点上班六点下班，在时间内有效率完成工作的人，才是最懂生活的人。他们懂得划分工作在人生这份职业中的比例，在他们的人生里，所谓的成功是把工作尽力完成，也要把人生这份职业认真过好。

毕竟，人生除了工作之外还有太多太多我们该好好专注对待的事和人。

自己
就是自己的加害者

怀抱着观看"暴力美学"的期待，我走进影院观看杰克·吉伦哈尔（Jake Gyllenhaal）主演的《铁拳》（*Southpaw*），但它却让我在离开影院时哭成了猪头。

接连看了杰克·吉伦哈尔的几部电影，我相当确定他想抓住全世界的目光大吼："不是只有希斯·莱杰（Heath Ledger），我也会演戏！"

一起在李安导演的《断背山》（*Brokeback Mountain*）中演出而受到全球注目的两位后起之秀，注定是要被拿来比较的。

就算两人交情好到可以当对方孩子的干爹，就算可敬的对手早已离开人世多年，就算当初因为《断背山》而入围奥斯卡最佳男配角的是杰克·吉伦哈尔，两人之间的比较却始终没有间断过。

至少，在我看来，杰克·吉伦哈尔从来没有放下过。也许，他不是不甘心，他只是不想一直输，他只是想证明自己也可以是个足够好的演员。

这样急于证明的心态他丝毫没有掩饰，为了演出讽刺嗜血媒体的电影《夜行者》（*Nightcrawler*），他爆瘦了十几公斤，又在拍摄《铁拳》时，疯狂把自己吃胖、练壮，让自己的外形足以说服观众——这次，他是个职业拳击手。

电影一开始，杰克·吉伦哈尔所饰演的主角Billy Hope正处于职业巅峰状态，打出一场精彩的比赛后，再度拿下胜利。

他打拳时从来不采取防御的姿势，评论家都说，那是因为他不懂得保护自己。

这些专家并不懂他，他不是不懂得保护自己，而是他相信自己足够强大到可以承受对手不论多大的伤害。所以，他毫不畏惧地让自己迎向对手一次次的痛击。

因为明白自己的强大，他没想过防御，也不会退缩。

他总以为强大就是自己最好的防御系统，足以迎战对方软弱的拳头。但是，再强大的人受了伤也会流血，只是他们不习惯喊痛，不习惯让人担心。

在比赛过后，伤害明明白白摆在眼前：无论是全身的疼痛与无力感，还是想跟妻子说话一开口却鲜血直流，还是他那鼻青脸肿到惨不忍睹的外貌。

一个人的意志力再坚定，都掩饰不了肉体被伤害后的脆弱。

当剧情走到他遭受人生重大打击，一个人躲回房间用枕头蒙住自己的脸，以为这样就可以障蔽自己的哭声不传到别人耳中时，他那样深沉的哀痛还是穿透了墙壁传到了女儿耳中，也跃出屏幕直抵我的内心深处。

听到那样的哭声，看到那样不能轻易被理解的伤痛，很难不掉回你我曾经历过的绝望深渊里。

不曾感受过等不到明天来到望眼欲穿却穿不透的黑夜、怎么努力却还是深陷泥淖的感觉，就不会懂得想挣脱却又徒劳无功的疲惫。

从那一幕开始直到电影结束，我的泪不断滑落，是心疼他，也是心疼当时的自己，眼泪想停都停不下来。

在那些日子里，夜晚特别的长，总是等不到白天的亮，泪从停不下来到再也流不出来。

在一切已经成为过去的现在，再回头去看看那个时候的伤痛，自然是已经伤不了你的。

伤痛之所以不再有杀伤力，是因为当时的你勇敢地撑住自己走了过来。就算每踏出一步之前都还在害怕着，就算每踏出一步之前都要深深深呼吸，你还是鼓起了小小的勇敢，为自己迈开了小小的、慢慢向前的脚步，让自己可以继续把人生过下去，而不是仅仅停格在那个让你伤透心的瞬间。

经历过放弃自己、放纵自我的暗黑时期之后，当Billy企图要再振作起来时，他想起了唯一击败过自己对手的那位教练。

找到教练的一开始，教练毫不留情地多次拒绝他。不死心的他，跟着教练进了一家酒吧，在酒吧里，他们有了这样的对话：

"发生了什么事？"教练问。

"有个混蛋开了一枪……我的人生就这样毁了。"Billy明显不想多谈，只是简单地带过。

"你没听懂我的意思，发生了什么事？"教练再问。

"我刚刚说了，有个混蛋开了一枪……我的人生就这样毁了。"他开始有点不耐烦，话里带着怒气。

"发生了什么事?"教练又问了一次。

他终于发怒,砸了椅子后离开了酒吧。

教练问他"发生了什么事"是要他正视自己的问题,面对自己的失败。一问再问,是因为从他的答案中,教练听不到他对自己曾经做错事的反省与后悔。

他不认为自己的人生沦落到今天的地步是因为自己,他把所有责任推卸给了那个混蛋,是那个混蛋在那一天开了那一枪,才毁了他的一生。

把人生的困顿全怪罪给别人,的确会让你暂时感到轻松。只是,一旦你发现推卸责任之后,事情并没有变得容易,问题依旧没有解决,僵局还是横在眼前,无处可逃的你还是要真正地面对自己,那才会是你最难承受的时候。

皮皮最近结束了一段五六年的恋情,当身边的朋友听说这个消息时,纷纷向她道"恭喜",让她觉得很不可思议。

某天晚上,当她又跟一位朋友聊起这几年发生的男人劈腿,不断接连出现小三、小四、小五,他却还在苦苦哀求着她,希望可以复合的戏剧化发展之后,她双手一摊,瞪大圆滚滚的双眼说:"你不觉得这一切很荒谬吗?"

"荒谬的是你呀!怎么会让这样的事发生在自己身上!"她的朋友边摇头边说。

皮皮这才恍然大悟:一直以为自己是被害者,却没想到把自己推到这样困境的就是自己,自己就是自己的加害者。

我们都不太擅长、不太习惯好好看看自己。站在一面全身镜前,没过多久就会想要移开视线。镜子里的自己跟自己想象中应该有的样子，很不一样，就跟要去正视自己个性上的失败与缺陷一样困难。

面对自己的失败需要时间，需要相当的勇敢，但是当你愿意去面对了，你就会朝着自己向往的方向用力飞去。

因为，一直以来挡在你面前的，只有你自己。

每一次相遇都是久别重逢

妞妞家有四个洗衣篮,三大一小,颜色各不相同,功能也不尽相同。花色、白色、运动衣分别丢进三个大的洗衣篮,小的丢袜子。要洗衣服的时候就可以一目了然,不必花时间分类。

每个星期天是她心中设定的扫除洗衣日,当地拖干净了,洗衣篮也空了,她才会有完成了一个目标,可以继续往下个星期奋斗了这样的心情。

这个扫除洗衣日虽然劳动累人,但对她来说,疗愈功能却相当强大。如果有哪个星期太忙了,无法完成这一整套模式,她就会觉得浑身不对劲,无法好好重新开始。

在感情上,她也拥有一样的习惯。

面对确定自己用尽了全力也无法再继续的感情,她会好好地放手,让对方离开。伤心难过自然是免不了的,只是她不会拖泥带水地纠缠。对她来说,心的清空是相当必要的,就像每周日清空洗衣篮一样。

当自己的心真的清空了之后,才能有继续往前寻找下一次幸福的可能。对她来说,爱情这件事只能一次开启一个档案。

每当一段新的感情即将开始，她就要重新命名，把旧的档案内容完全覆盖掉，并且删除地干干净净，连从垃圾桶复原都不可能。

说是删除，倒也不是刻意地去遗忘，她与生俱来拥有一种天生的优势，就是她很擅长遗忘。曾经交往的人不管是姓名或长相，她有时都不太记得，更别提两人交往时的细节了，曾经许下的山盟海誓更是被忘得一干二净。

很无情吗？

我倒觉得这是对现在的爱情最负责任的态度。最该记得的本来就是现在，曾经的如何都已经是过去式了，强要记得又是何必，顶多苦了自己，没半点好处。

但对她的前任杰森来说，感情却不是这么回事。

他是一个习惯保留旧档、另开新档的人。不管两人分开多久，他时不时就会突然冒出来传个信息，企图要知道现在的妞妞好不好。

现在的他婚姻幸福美满，在一个经济不景气的公司却年年加薪、分红不断。之所以知道这些，是因为在问候妞妞最近好不好的同时，他总不忘记提到自己最近加了薪，拿了一笔分红，又去了一趟欧洲。

杰森的心态其实不难理解，他之所以时不时就要阴魂不散地出现一下，并不是因为他还爱着她，他只是需要得到一个答案，好终结他自己过不去的心魔。

人生路上一帆风顺的他，只有在感情路上跌过两次跤。一次是在妞妞之前被劈腿，另一次就是妞妞主动提出分手，连夜搬出他们一起住的家。

劈腿的女主角，在他跟妞妞开始交往的前半年，打了好几次的无声电话来。杰森后来跟她见了面,拒绝了复合的要求,满意地看着她痛哭流涕后,扬长而去。

从此他们就断了联络。然而,他是一个习惯保留旧档、开启新档的人。所以这些事,包括交往时的细节,都是他告诉妞妞的。

这一次对于妞妞,他之所以没有办法放手,是因为他还没有听到她的后悔。

心高气傲如杰森,始终不认为分手并不只是其中一个人的错。他不认为分手的双方都得负上点责任,他不认为分手的原因也有可能是因为两人在相处之后,明白了根本不适合。

他只想证明一件事:跟妞妞的分手错不在自己。

为了证明错不在自己,他在妞妞离开之后,经朋友介绍,很短的时间就交到了新女友,并且在短暂交往之后就结了婚。

对他来说,这样做就是一种证明——至少在别人看来会觉得自己不是没人要、不是结不了婚的那一个。

对他来说,这样做就是一种证明,证明了上一段感情的失败错不在自己,毕竟到现在都还结不了婚的人不是自己。

他隔三岔五就必须跟妞妞炫耀自己的现况有多好,希望她感到后悔,希望听到她说出一句:"我当初不应该离开你。"

那他就可以满意地转身,从此断了联络,好好地过自己开开心心的崭新完美人生了。但偏偏妞妞从来没有感到过后悔,听见他现在的超完美人生,她也总是轻轻地说:"那很好呀!"

"那很好呀"这句没有分量的回答,不是他等待了这么久的答案,也不是足以让他满意的答案。

如果,真像王家卫导演的电影《一代宗师》里说过的:人生每一次的相遇，都是久别重逢。

如果，人生每一次的相遇，当真都是久别重逢。那么，每一次的分开，也应当是为了要再相遇，为了要再跟下一个对的谁相遇。

不停地相遇、久别重逢、分开，这之间的煎熬难道还不够折磨人吗？为什么分开后，还非得要继续伤害相爱过的记忆呢？

不停地相遇、久别重逢、分开，这之间难道不应该是感谢你曾经来过我的生命吗？

不论是留下了好的、坏的记忆，都是为了教会我在遇见下一个更对的谁时，可以好好地再去爱一次。

你教会了我，不是只要自己够好，就值得一段好的爱情。

你教会了我，不管再爱上了谁，相处才是最重要的课题。

你教会了我，就算再爱自己，也别靠伤害对方维护自尊。

为什么不能在每一次分开后心怀感激：谢谢你来过我的人生，陪伴我走过了这一段路。

当我们不得不放开手、不得不错过的时候，就该举杯高歌；不得不泪别的时候，也应该要终日欢庆。

那么，我们彼此就能放下对方了；那么，我们就会再有勇气往前进了。我们还是要继续往前进的呀，不放弃地继续去找寻自己可能幸福的机会。

往就要跟更对的谁相遇的路上，手舞足蹈地前进。

往久别重逢的街角、最对的谁、好看的笑脸走去。

有时候会忘记了，
我还爱着你

电影《45周年》（*45 Years*）一结束，场灯亮起时，我听见身边一位陌生的女子急急忙忙地追问："然后呢？没有结局吗？"

表面上看来，导演的确没有给出一个"非黑即白"的结局，但故事走到电影就要结束之际，答案却残忍又真实地写在了主角们的脸上。

之所以没有"非黑即白"的结局，是因为故事中这对相伴相依多年的老夫妻，跟世界上其他千千万万的伴侣一样，他们真实的人生还在上演着，并没有因为屏幕暗了、镜头离开了，而停下脚步。

故事开头，这对老夫妻平淡无奇的一天正要开始，也是他们跟往常没两样的一周正要展开。如果硬要说这一天或是这一周，跟他们携手共度的四十多年来的每一天或每一周有什么不同，那就是即将到来的周末——他们要庆祝结婚45周年纪念日。

"为什么是在'45'这样的周年庆祝呢？"庆祝会场的工作人员替我们问出了这样的疑问。

原本是要在40周年时庆祝的，但那一年因为男人的身体不适，而临时取消了。

你带着浅浅的笑，做出了这样的解释。

虽然已经有了一定的岁数，但你对自己还算满意，所以你不刻意做任何改变。没有费心保养，你每天的运动就是大清早带着家里的老狗出门散散步。

就算朋友有时会很迂回地说，有个可以借由按摩消除黑眼圈的机器想借你使用，你也不心动，只是坦率地说："如果我看起来很累，你可以直接告诉我。"

这样满足于现状的幸福，在这个原本一如往常的周一早晨，却因为一封来自异国的信而开始慢慢地崩坏了。

那封信是用德文写的，你男人的德文已经生疏到必须翻阅字典再三核查，才能完全搞懂整封信的意思。但光是看见了"她的尸体在阿尔卑斯山的冰河中被找到"这件事，男人就激动到夜不成眠。

"她"是男人初初爱恋的对象，那是一段纯纯的爱，至少男人是这样告诉你的。

信任这样的事是经不起考验的。

一开始你只是好奇，试着用右手食指抠了抠墙上一个不起眼的小洞。你以为自己力道够轻，但这个原本不特别留意也不会被发现的小洞，居然被你越挖越大，越挖越深。越往内挖，你发现这个不起眼的小洞竟然牵连了整道墙壁。

一天接着一天，你用自以为很轻很轻的力道，一点一点，浅浅地、慢慢地往内深究，直到有一天，整面墙居然就这样被你挖垮了。

当那面墙在你眼前倒下的那一刻，发出了轰隆巨响，扬起的灰尘半天都止不住。漫天的灰尘让你再也看不清楚男人的脸，你甚至也感受不到他到底是难过，还是松了一口气。

　　这就是你对男人的信任崩解的速度，缓慢地，凌迟地，随着你知道的事情越来越多而毁坏，像是一眨眼的瞬间就彻彻底底地瓦解了四十多年的累积。

　　那具被冰冻了五十年的尸体，留住了她的美貌以及他对她的爱情。

　　他口中的"纯纯的爱"成了剜在你心头的一根刺，你怎么也想不到，这四十多年日日夜夜的相处，竟比不上那短暂划过他生命中的流星。

　　你早该知道，流星耀眼而且稀有，反观这四十多年的感情，只像是空气，无色无味，没有重量地存在着。

　　除非失去了，男人根本察觉不到你的重要。

　　你想起有一次，你在你们卧室里一道洁白的墙面上，徒手打死了一只蚊子。本来想先用抹布把尸体收拾掉的，却没料到你越是动手去擦，血迹就越晕越开。

　　后来，不管你多用力擦拭，还是留下了一道浅浅的痕迹。就算你重新涂上了洁白的漆，仍会清清楚楚记得那一抹血的位置。

　　你的记性就是这么好，连你也拿自己没办法。

　　你的洁癖就是改也改不掉，你为此相当苦恼。

　　你觉得自己对他来说，已经是够好的了，但是，你已经不能确定他是不是也这样想了。

　　现在，就算来到了你们45周年的庆祝舞会上，你还是能清清楚楚地感受到那个女人的存在，存在于男人和你之间。

会场上突然响起了当年你们婚礼的那首歌*Smoke gets in your eyes*（《烟雾弥漫你的眼》），他一脸得意地看着你，以为你不会想到这是他精心安排的。

他牵起你的手，滑进了舞池，整个人相当投入并陶醉地随着旋律摇摆，还对着你大声哼唱了起来。他虽然唱得走音，还零零散散不成调，但歌词还是一句句随着音符飘进了你的耳中。

听着那一字一句的讽刺，你的脸色越来越铁青。

他们说：
总有一天，你会发现恋爱中的人都是盲目的，
当你的心着火了，
你必须了解，烟雾会迷蒙了你的双眼。
于是我挖苦他们，
开心地笑他们怎能质疑我的爱。
如今，我的爱已远扬，
我失去了吾爱。
现在，朋友们嘲笑我掩藏不住的泪水，
于是我笑着说：
当爱的火焰熄灭，烟雾会迷蒙了你的双眼……

突然一阵嫌恶的感觉从小腹往你的心头烧过去，眼前这个男人，你已经无法再多忍受一秒，熊熊燃烧起来的冲动，让你用力甩开了他的手。

你不能确定这股嫌恶的感觉，是因为觉得自己被背叛了，还是彻

底看清了自己对他来说根本不够重要？

虽然，在一起这么多年了，有时候会忘记了，我还爱着你。

虽然，在一起这么多年了，却从来不敢问，你是否爱过我？

此刻的你，只想离开这让你感到羞辱、让你难堪的男人。

此刻的你，只想忘记自己一直专心无猜地爱过这个男人。

理直气壮地喜欢上自己

从学会比较的那个年纪开始,我们就注定不喜欢自己。

在我们的自以为里,自己应该是最完美的,但因为开始学会去比较,让我们自惭形秽。

鼻子应该再高一点、眼睛再大一点、腰要再细一点、功课应该再好一点……那么,大家就会像喜欢那个风云人物一样喜欢我。

拼了命要让别人喜欢,拼了命的改变只为了补上自尊的缺口。

出生在不同家庭背景的我们,在成长过程中各自承载了不同的课题:父母的教养方式、家境的优渥贫困、遇见的师长、认识的同学朋友,都从不同的面相影响着我们人格的形成。

我们无法直率地说出自己个性里暗黑的一面,甚至对自己的弱点也无法坦然直视。这些不能面对的自己的性格,正是我们自尊的缺口。原先预设自己是完美的,当然承受不了自己的性格有这些、那些的缺失。

我们之所以常说成长的过程总是跌跌撞撞、满身伤疤,那是因为我们总是拼了命用自以为对的方式急着补上这些缺口。

这些我们自以为对的方式，有时是对自己的残忍，有时更可能是对别人的残忍。

我们常在不知不觉中伤害那些自己在乎的人，总以为有些玩笑是幽默。但其实，所谓的幽默是开自己玩笑，而不是把别人当玩笑开。

尤其，是那些把你当朋友的人。

在懂得不能把嘲笑别人当幽默之后，加上也实在是厌倦了因为别人的玩笑再度受伤，你抢先一步学会了自嘲。

你先是把自己的伤疤与痛楚都适得其所地安置好，然后毫不避讳地自嘲过往的不堪或自己曾经不能直视的缺失。

那时你才发现无边无际的开阔与自在，再也不用担心、害怕被人看出什么暗黑的过去、解不开的心结。

在抵达对的方向之前，你会受一点伤，会懂得该残忍，会多绕一些路，会多转几个弯，学会说一些谎。

这些想或不想要的学会，都是被允许而且必要的。

在拼了命也要补上自尊的缺口，让自己抵达完美彼岸的过程中，我们还会慢慢了解，会羡慕别人是因为你还不知道自己的好，所以无法打从心底喜欢自己。

那些一直以来盘踞在心中、重重压着我们，让自己不喜欢自己的地方，在渐渐长大的现在，你也开始知道了，其实并不那么重要。

不会有人因为你鼻子太塌跟你分手，就算他真的这样说那也只是借口。

不会有人因为你不会撒娇跟你分手，背后肯定有别的原因只是他不说。

你不会因为你不够高大得不到工作,你不会因为业绩不好而没有朋友。

凡事,总会有一体两面;凡人,总不会轻易满足。

你羡慕他人的好,也可能这正是他讨厌自己的地方。

You never know .

与其花心思跟他人比较,不如花时间跟自己相处,找出自己的好。然后,理直气壮地喜欢上自己。

可以自由选择的这件事

小时候，没有人希望自己的将来会过得很普通。

我们都希望成为重要的人，每天做着重要的决定。

于是，为了成为重要的人，每天死命地努力。然后，到了真正长大了的现在，在努力成为重要的人的过程里，我们渐渐地失去了许多。也由此，对于可以成为重要的人的这件事，越来越没有把握。

我们贪心地希望自己很重要，却又渴望跟所有人一样普通。

普通地过着舒舒服服的日子，普通地在该放假时放假、该结婚时结婚。普通地咒骂着小气不加薪的老板，普通地不停分享各大两性感情专家的金句，企图在每一句短文中找到自己想要的人生解答。

我们一路摇摆、迷惑，不知道该往哪个方向走去，所以才让自己变得既普通又很重要。

拿不定主意的结果，是我们渐渐变成了一个只会迎合他人、个性一点也不尖锐，只会逃避现实、面对自己时更是一点也不诚实的人。

最终，还是成了一个普通的大人，没有实现当年对自己的承诺。

矛盾的是，虽然成为一事无成的普通大人，却没有像普通人该有的质量生活。没有像普通人一样结婚生子，没有像普通人一样每天开心地过日子。

普通，居然成为长大后的你最触不到的遥远。

疲惫不堪的你终于明白，普通的日子才是现在的你最想要的生活。就好像在年轻的时候，我们总是热衷去吸收晦涩难懂的知识，趋之若鹜地观看所谓有深度却难以理解下咽的各类名师大作。

那时候的我们，总觉得那才叫有深度。

日子一天天地过去，人生变得更加复杂难懂。

无解的社会乱象、职场恶斗，天天逼得我们无法喘息。于是，我们开始逃避所谓有深度的任何影视或文字作品，反而花费所有休闲时间，在年轻时所不屑接触的普罗大众文化上。

年轻时觉得肤浅的东西，在年纪变大的现在却成了疗愈极品。

很讽刺吗？

更讽刺的还在我们自己个性的转变上。

在努力了这么久之后的现在，我们不但没有成为很重要的人，到后来还变成了一个胆小鬼，不敢拒绝别人的要求、一味承受所有的无理对待。

"为了大家之间的和气嘛！"你说。

在别人口中你是个大好人，但只有你自己内心深处清楚明白，你只是不想被卷入多余且没有意义的纷争当中。

所以，面对别人的任何要求你都说好，都答应。只要能够独善其身、把总来烦你的人打发走，不管再多的麻烦事你都愿意做。

但你没料想到的是，人类的劣根性容易在纵容中贪婪吸收养分，并无止境地壮大。到头来，所有人都养成了事事推给你的习惯。

你起初只是心软、不忍心，在不影响自己太多的状态下，好心帮忙分担。到后来，却已经变成了"你怎么可以不帮忙，简直太过分"想推也推不掉的窘境。

　　因在这样的状况里，你甚至赔上了自己的情绪，太不划算。

　　你以为自己跟社会乱象一样被卡住了，动弹不得，却忘记了，你的人生之所以成为现在的模样，是顺着你一天天的选择、慢慢调整的方向而来的。

　　你是有选择的，即使到了现在，不管你是几岁。

　　永远要记得你是有选择的，可以自由选择的这件事，决定了你是一个什么样的人，会拥有什么样的人生。

　　不管是普通人的人生，还是很重要的人的人生，你的选择会决定你的未来，而一切就从还不是太迟的现在开始。

女人的蛋蛋危机

三十好几的女人,已经没有人会把你当成女孩了,就算我们总觉得自己还没长大——至少还没长到像个足以独当一面的大人。

为什么只有男人可以在心里有个拒绝长大的彼得·潘?我们心里也有个小女孩呀!女人也不想长大啊!

你不是个仇男主义者,但还是忍不住叨念起这未免也太不公平。

你看过一篇报道,写着女人从青春期起,卵子的库存量就开始倒数,而男人的精子却是天天新鲜制造,出货到六七十岁都不会有问题。

这样说来,女人似乎从一生下来便开始衰老,而男人却还一天到晚呼天喊地地要抢救他们的蛋蛋危机,真正有蛋蛋危机的是女人吧?手机里的月经周期APP只会告诉你排卵日,却不保证你的卵子够新鲜。

你太聪明,见过的大风大浪太多,不必别人啰唆,你早就拿所有状况来吓唬自己。

35岁以后当月经迟到了,你不会偷偷摸摸去药局挑了牙膏、牙刷、口香糖、创可贴……来盖住购物篮里藏在最底下的验孕棒。

你会直接翻开抽屉,拿起那几盒在圣诞节交换礼物或跨年的"无用良品"抽奖时拿到的来测试。只是，比起急着验孕，你更多的是担心自己会不会早发性更年期……

挑什么？

过了30岁后，你三天两头就要被问起这个问题。

当在《爱情冻住了》这部电影里，听见梅宝说"做人很难的，又要工作，又要恋爱，又要快乐做自己"，你的泪就这样滑了下来。

找男人也很难的，也不是你挑。

都几岁了，你这别人口中的老妹是被人挑好吧？你偶尔会自暴自弃这样想，但你不想因为这样就将就地找个人过一辈子。不只对不起自己，更对不起自己的小孩。

对，你是想过要生小孩的，但没男人怎么生呀！

初秋的夜晚刮起的风，凉到让你连打了好几个喷嚏。

电影落幕了，你的人生却迎来了豁然开朗的明白。

你曾经听说，谈判专家在交涉时只会提出两个选项，他们说，那是因为人们在下意识里会受到操控，会听话地在提出的两个选项当中，盲从其中一样。

你觉得大家就像是说好了似的，连手一起这样对付你。

到了这样的年纪，摆在你面前的，永远只有"相亲"跟"孤老一生"这两个坚定不移的选项。但，你不盲从，这两个选项你怎么看都不顺眼。这两个冰冷的选项里，根本没有让你想要依靠的温度。

不是因为你天生叛逆或是对自己的未来特别有把握，而是最重要的"人性"根本被这两个选项排除在外。

在电影《萨利机长》（*Sully*）里，萨利机长说："既然要讨论人为疏失，那就应该把人性考虑进去。"

在萨利机长遇上的状况里，飞安调查委员会为了证明他在事情发生的208秒过程中所做出的决定是错误的，要求他以真人操控仿真器试飞。

委员会想从仿真器试飞的结果中证明，他绝对可以在208秒内顺利降落机场，然后再去质疑他为何要选择迫降到相对危险的哈德逊河。

听证会上公开播放的完美模拟试飞结果，也让他曾经一度怀疑自己。就在这个时候，他想起了被"完美"排除在外的考虑因素：人性。

于是，他要求完全重现当时他遭遇到的所有状况，包括在决定降落地面之前，加进人性因素会有的那35秒钟的思考与迟疑时间。

不是早就知道下一秒即将遭遇危险，才提前就做好心理准备，像机器人的反应般立刻决定必须转向机场降落的。更不是经过计算机仿真器试飞多次，即使前几回机身撞击地面损坏也不会有人员伤亡，直到第十七次的操作后才终于完美降落机场的。

没有迟疑、没有挣扎、没有困惑、没有惊慌、没有人性。

一旦加上了35秒人性会有的迟疑、人性该有的思考之后，再完美的仿真器试飞都无法办到像真实人类操控般的全机平安降落。

那35秒，是人性，也是变数。

对于催促着你快把自己嫁掉的亲友来说，"嫁不掉"算来是件人为疏失，那么，我们就应该把"人性考量"加进来一起讨论。

不管是"相亲"或"孤老一生"，都被简化到只有短短几个字，但现实人生分明不是这个样子的。并不是乖乖去相了亲就一定能找到伴,更不是选择孤老一生就会凄惨无比。

这样的推算过程没有迟疑,没有挣扎,没有困惑,没有惊慌,没有人性。不管是决定相亲还是单身,会有的变量都在于人性,是个性决定了自己的命运,决定了我们的人生。

你也认识热衷参加各类相亲、聚会的女孩,最后嫁给了一个老朋友。而那些决定要自己一个人过一辈子的朋友,潇洒又惬意的大有人在。

世界上不会有如同奇迹一般完美无瑕的人生,所谓的完美是一种相对的标准。

对萨利机长来说,当年所谓的"哈德逊奇迹"来自于每一个环节、每一个身在其中的人的全心参与——始终支持并相信他的副机长,同班飞行的乘务员,听从空中乘务员指示不挑衅、不质疑的乘客,还有海上救援队的及时赶到。

是每一个环节、每一个身在其中的人共同造就了这个奇迹。

每个奇迹的发生,都是因为细小环节的彼此相扣,汇集而成。

对你来说,你的奇迹也一样需要环环相扣。只是,那些必须环环相扣的细节显然还在酝酿的途中。

在此之前,你只是耐心地等着,在一场场别人的婚礼里,模拟自己幸福的模样。你不知道自己会不会要模拟到第十七次或者更多,才会成为主角,但至少,你明白了自己不再只有"相亲"跟"孤老一生"这两个绝对选项。

今天晚上，你还发现了第三个：冻卵。这个选项也许不会是你立刻要做的决定，但对你来说，却是一种安心的保证，让你明白人生可以"慢慢来"比较快。

你明白了，可以慢慢活出自己的人生，完整了一切再去想下一步要什么，不要什么。

就算不再是个妹，姐的人生也会过得更精彩，更随自己的心，更如自己的意。

姐的人生不必对那些假情假意的关心有所交代，只要过得对得起自己就好。

对自己来说，复胖确实是比失恋还要可怕一百倍，但更重要的是，幸福靠的是自己的决定，而不是什么人的拯救。

坚强

　　人生说来也还算公平，在狠狠帮你上过一课后，就会给你一些时间恢复勇敢。但如果你因为这样就怕了，如果你不让自己再勇敢一次，那么，曾经的痛就不值得了。

每个人都希望被找到

长到三十不知好几这样的年纪,你以为自己已经够坚强了,却在听说了某个坏消息后,不经意地迸出了止不住的泪水。

对于自己在成长这一路上总是学着想写好"坚强"这两个字的努力,却在几秒之间就成了徒然,你有些无力。

但,亲爱的,坚强这样的事情从来不是一种练习,也没有什么特定的公式可以计算出来怎样的自己才够格被写上"坚强",并且盖章认定。

前几年的你,变得有点排斥"坚强"这件事。

那时的你,以为自己的坚强是逼不得已的选择。

那时的你,以为自己的坚强是硬逼出来的假象,做别人眼中坚强的自己,却搞得自己很累很累。

后来,你想起了在最初的最初,在你还以为自己的柔弱是可耻的,在你还不懂是柔弱撑起了坚强时,是因为那时还柔弱的自己选择了去面对,那时还柔弱的你下了钢铁般的决心,才让自己走到了今天。

如果不是当初的柔弱,今天的坚强就无所依附。

最近的你懂了,你不再以为自己已经坚强到什么都不怕,毕竟,没有人应该坚强一辈子。

你终于明白了自己最想要的并不是变得多么坚强，或是能够无坚不摧。你想要的是，能有这样一个人，在他面前就算你再坚强，他也看穿你的脆弱，在他眼里就算你最软弱时，他也不会怕麻烦。

你只不过想要有这样一个人，让你不怕自己太坚强也不怕自己会软弱；你只不过想要有这样一个人，在你不论坚强或脆弱时都会留在你身边。

能够坚强或表现软弱都来自一股内心力量的支撑。而你在忍住软弱了这么多年之后，只是想要偶尔、在不是太打扰或麻烦了别人的时候，能够被允许暂时地软弱。对于总是找不到这样一个人，你已经无计可施，甚至有点不知所措。所幸，在没有爱情的这些年，你始终没有放弃过要相信爱情。

只是，这么些年过去，你不得不沮丧地这么想：其实是爱情不太相信你。不然，怎么总是找不到你身上来呢？明明你坦荡荡地告诉大家你在找它，你坦荡的程度只差没有沿路敲锣打鼓地公然宣告了。

怎么，爱情总是不来敲你家大门呢？

一个人的日子里，你可都是在认真地过，享受是挺享受的，但难免有些时候寂寞会窜出来往你内心深处轻轻地扎一下，接着，自己就会溃不成军好一会儿。

能够击败自己的，又哪里只是寂寞而已。

难得兴致来了下个厨，一锅香菇鸡汤一个人得要五到六天才能喝完。还有，就算用尽了全身力气、扭到双颊涨红，玻璃罐却还是没有

173

被打开……

这些生活里看似最微不足道的小事,却最容易让人感到孤单。

每个人都希望被找到。

——《迷失东京》(*Lost in translation*)

你想起了电影里的这句话。

你想起小的时候自己最喜欢玩的游戏是"捉迷藏"。因为,玩着这个游戏的时候会有人一心一意只想找到你,而你喜欢被找到的感觉,总是笑嘻嘻地面对找到你的人。

你喜欢玩捉迷藏这个游戏,是希望自己能够被某人找到。

长大了以后,你一直等着被谁找到,你总以为一直在枯等的人是自己。你踮着脚尖,望着远方,盼望着。就算是早一天也好,你想。

那个该来的人可不可以早一点来到自己身旁,找到你。毕竟,你已经等了好久,好久。

再说,你也不知道自己还能够坚持相信爱情多久。

有没有这样一种可能,当他朝着你走来时,你没看见。所以,你以为他还没来,但其实他已经待在你身边,好久,好久。

他早就已经找到了你,是你,还在让他继续苦苦等待,等待着你,真正看见他。

每个人都希望被找到,而你什么时候才要真正看见他,找到他?

在，也不见

有太多时候，那些说出口的再见，都是因为逞强。

逞强的再见是要把自己逼到最绝境，也要逼出你的舍不得，然后开口留住我。

说出这样子的"再见"要冒很大的风险，除非你清楚地掌握了对方会心软，对方对你还有爱。否则，这只会帮对方搭出谢幕的台阶，让他可以从容优雅地离开。

遇上自尊心比较强的对象，更可能强忍心痛让你走人。

更何况对很多男人来说，爱情跟自尊是无法相提并论的。

你只要开口说"不要走"，就这样简简单单的三个字，我就会留下。你甚至不必拉住我，不必戏剧化演出，只要对我说出那短短的三个字。

但，偏偏你没有。

我眼睁睁看着你忍住了你的舍不得，我眼睁睁看着你下巴仰起了15度角，接着有一滴泪顺着你沧桑的眼角滑了下来。

当我发现你再舍不得也狠得下心让我走时，才明白自己伤了你，伤了我们的爱情有多深，但也可能被伤得更重的是你的自尊。

因为我记得你说过，从来离开的人都是你，你是没有办法接受有人想要离开你的。

一般状况下，逞强的"再见"在同一个对象身上，使用次数不能超过三次。

第一次说出口时，震撼力十足，会杀得对方措手不及。在毫无准备的状况下，自然呈现出他的慌张、手足无措，然后全力慰留你。

第二次说出口时，因为有了上一次的演习，他难过的程度已经减轻了一半。但人是习惯性动物，对于一段自己还没有谈腻的感情、对于自己还可以忍受缺点的对象，他难免还是依依不舍。只是再留住你，两人之间的问题是否能够解决、情况是否得以改善，已经在他心中留下不少的问号。

第三次说出口时，他的白眼会忍不住先翻上一圈，心中压抑许久对你不耐烦的情绪会瞬间覆盖所有理智。那些不管是对你曾经的心疼、甜蜜或不舍，都将在一秒后，被他抛到九霄云外。他终于可以冷酷地回你一声"再见慢走"，或是你们两个人大吵一顿之后，不停地恶言相向，然后不愉快地分手，这些都是极可能会发生的难堪场面。

在决心要"断舍"却"难"的状况下，就会出现"再见，再也不见"的这种局面。

"再见，再也不见"是为了掩饰自己脆弱时一种最无情、也最无助的表现。

因为看清楚了就算再有爱，你们还是没有可以一起延续的未来，但是他容易心软,必须断了你们之间任何继续纠缠的可能。

于是,在你经常出没的所有场合,你都不会见到他的踪影。即便是那些你们曾经有过的共同朋友,他也会不惜断绝往来,此生不再联络。

世人以为这样的人最是冷酷无情,却不知道那是因为他最是多情。

他不能承认自己对你还有爱,他没有把握再见到你之后不会求你回头。

所以,在说了再见之后,他再也不见你。

所以,在说了再见之后,他不能再见你。

还有一种最最疼痛的再见,是"再见,在,也不见"。

就算近在咫尺,知道你就在触手可及的前方——我不见你。

因为,已经告诉过你,也告诉过了自己:在原本以为的幸福里,没有我们任何可能的空位。所以,我决定要退出这场竞赛。

既然,把让你幸福的权利交出,那么,即使明知你就在这里,与我呼吸着相同的空气——我不见你。

不见你,是愿意对我们曾经的幸福负责。

不见你,是放手让各自再有幸福的可能。

这是我武装过后的若无其事,你别来见我。

别为了装作大方才来见我,别为了看我好不好来见我,别为了怕别人的眼光来见我,别为了让自己好过来见我。

光是想象你从另一头穿过重重人群走来见我,我连呼吸都要小心翼翼。

就留给我表面谈笑风生,内心却千刀万剐的疼痛吧!

你,别来见我。

我们,就算是在同一个地方。

就算你在,我也在,我们都在,再也不见。

在没有你的地方坚强

狂风乱扫的某个夜晚,我坐在计算机前正试图写篇稿子。

"真的分了,这一次。"Facebook信息窗口突然跳出阿Sa的话,屏幕上显示她还在继续打字。

"我真的好想飞奔到他面前,朝他的脸狠狠揍上一拳。"平常好脾气的她,不管被别人怎么欺负都默默忍受,这一次她是真的被逼到了临界点。

之所以会这么气这个男人,是因为在交往六年后,她发现他劈腿了。不发现还好,一发现居然没完没了,小三、小四、小五接连出现。

剧情的开展,简直比俗气的情感剧还要精彩,也比社会新闻都还要真实与血腥。可惜,现实人生不是看戏,阿Sa是真实地痛着,挣扎着。

六年,一段不算短的时间。

六年,本来以为会是一辈子幸福的暖身。

六年,在一夕之间崩塌,感情的残渣继续依附着她,还弄脏了自己曾经的真心付出。

分分合合了好多次，整整拖了一年多，这个晚上，她终于正式对我宣布不再回头。让她痛下决心是因为她发现，男人在苦苦挽回她的同时，正准备跟不知道排行老几的新欢出国旅行。

"因为我不想自己一个人出国，所以才找了她一起，但我们各付各的。"男人用自以为最诚恳的语气和表情这样说。

"只是睡在一起。"他又说。

"我只能说我们没有在一起！"最后他还加重了语气。

看到阿Sa传送过来"只是睡在一起"这几个字时，我眨了眨眼，以为自己看错了。

男人说这话时，还脸不红气不喘的，阿Sa又补充说。

我并不是很理解，劈腿的人说出辩解之词时，是不是真的相信错不在自己，但显然因为他这样为自己辩解总是有用，所以才会一试再试，不必换招。

我还想起另一个朋友，分明已经抓奸在床，男人却还是睁大眼睛对她说："不是的，你误会了，我们只是在讨论工作。"

怎么能说出这么离谱的借口？

更离谱的是，为什么他们都以为对方会接受这样荒唐的烂借口？

"再怎么爱一个人，都还是要有尊严的，连自己都不尊重自己，他便更不会把你当一回事。"我简短地传给阿Sa这样一句话，聪明如她，自然不需要我多做解释。

她之所以什么都不问，不是以为坏事没发生，或是想欺骗自己去包庇你，更不是特别笨或全无心机，而是，因为她曾经答应过自己，不管再坏也要跟你一起过下去。

她相信你就算说了谎或隐瞒些什么，也是因为不想放开她的手，因为太爱她。

是因为这样的相信，才让她在这段爱情中学会了坚强。但现在因为你的背叛，她只能选择一个人，在没有你的地方继续坚强。

你不会知道，在被你伤害之后的那些日子里，那一段路她是怎么走过来的。

她去了一个陌生的国家，离所有担心她的朋友和家人都很远很远。在Facebook上出现时，她总是在笑着，但心里被你劈开的那个大洞还是在不停地流血。她原本以为自己已经哭到没有泪，后来才知道，伤心没有期限。

当她自己一个人时，常常痛到说不出口，伤到无法呼吸，回过神来才发现自己已是泪流满面。

她不是不相信自己可以再快乐起来，只是她不知道那会是在什么时候。

那一段路，很黑，很暗，很漫长，而且，她在异乡，只有自己一个人。

起先，她也只是想办法让日子可以一天天地过下去。她总是告诉我们快乐的好消息，把一个人哭湿被单的夜晚收进自己的懂事里。

后来，她记起了曾经的梦想，开始逼自己去做一些以前不敢做、没有做过的事。她告诉自己，既然已经没有什么再害怕失去的了，那就只能带着不安一步步继续向前了。

她往前走过了很多路，认识了很多人，遇到了很多事，然后明白了发生在生命中的每件事都自有它的意义。

现在回想起来，她甚至觉得是潜意识拉了自己一把。否则两年前还那么胆小的她,怎么会突然兴起了要到异乡工作的念头?

是不是早就察觉到了不对劲,下意识地推动了重度依赖他的自己,凭着不知道哪里来的勇气,迈开了这么大一步。给了自己一个离开的机会,也给了自己一个重新开始的机会。

她开始慢慢变好,从一开始的逼迫自己,到后来的开朗积极。

运随心转,当愿意让自己好起来的念力够强大,自然就会带来更多更好的机运。

经历过这一次的伤痛,她似乎有点懂了——每个人对于爱情的条件不尽相同,有些人渴望周旋在花丛中,有些人需要专注地被对待。双方的需求不相同,不管对两个人之中的谁来说都是磨损,自然也无法相处在一起。

人生说来也还算公平,在狠狠帮你上过一课后,就会给你一些时间恢复勇敢。但如果你因为这样就怕了,如果你不让自己再勇敢一次,那么,曾经的痛就不值得了。

分明大好的日子在前头对你招手,分明前头的人也在踮着脚盼着你走来。

经过了这几年,阿Sa一定可以在没有他的地方继续精彩、继续坚强。更重要的是,她会遇到一个让她爱得尊重自己、依然保有自己的人。

看起来坚强的人
比较吃亏

你是那种天生看起来强悍的人,无论心里再慌、再乱,脸上还是平静的样子。天生就长成这个样子,若是硬要你改,也改不过来。

看起来强悍并不代表如果被伤了不会痛,只是这个道理好像很多人都不懂。

看起来坚强的人比较吃亏,因为别人要下手打击你的时候,并不会心软。

他忘记了,其实,你也会痛。

对你来说,看起来坚强像是个诅咒,而且是紧紧跟随你一辈子的诅咒,没有任何魔法可以解开。只有你自己知道,你是怎么一路走到现在的。因为受不了在别人面前示弱,你学会了用面无表情来掩饰脆弱。

既然是有心要打击自己的人,当然更不能让他看见自己的泪水——你是这么想的。你不想让他因为看见你的泪水,更加得意。

为了不让眼泪掉下来,你试过很多种方法。

下巴朝左前方仰起15度角,拼了命也翻不起来的倒立——都失败了。后来,你发现了一种最容易的方法:用力大笑,笑到眼泪掉下来。

当大家都以为你是快乐的，也就不会追问你的眼泪。

后来的后来，你还陆陆续续学到了一些其他办法，不让别人看见你哭。

像是躲起来，躲到没有人的角落，再尽情地放声大哭。

像是让自己去看一场悲伤的电影，随着剧情任意宣泄。

所以你喜欢一个人独来独往，至少在终于忍不住掉下泪时，不必看见身旁的人脸上尴尬的表情，也不必硬想一些借口塞满当时的沉默。

一个人的状态总能让你特别安心，因为不必武装，不必伪装。只有那个时候的自己最是脆弱，却也最是坚强。

这一路上你遇见过很多人，有好人，有坏人，还有那些让你不得不坚强起来的人。

一开始你总是无法释怀，面对那些不怀好意而来的人，总显得不知所措。因为，你不知道自己到底做错了什么，为什么他们要这样恶意栽赃、冤枉你。

后来，在经历了几次之后，你渐渐有些懂了。有些人的人生是以打击别人为快乐的，他自己或许不见得有达到什么样的成就，但是看到你的失败，看到你被栽赃、冤枉却百口莫辩无助时，他很痛快。

不为别的，只是为了那一瞬间的爽度。

他不见得总是会披挂着敌人的外衣，更多的是披着羊皮的狼，平时就窝在你身边，甚至很可能是你最亲近的朋友。

这些让我们不得不坚强起来的人，也常在多年之后最让我们不痛不痒。

　　能够抵达不痛不痒的心境，多半来自于自己终于学会了要看破。不只是看破人情的无常，更是看破他粗劣的手法，然后一笑置之，让他的恶意再也伤不了你。

　　你或许还是会害怕，却已经不会再去逃避了，你接受了自己的不够勇敢。正因为接受与面对了自己并不那么强悍、也会害怕胆怯，你反而越来越名副其实地坚强了起来。对于自己的过往，你再也不遮遮掩掩了。

　　你之所以对自己的伤疤不再遮遮掩掩、怕人知道，那是因为——每道伤疤、每个过去，都是你人生的故事。这些曾经告诉了别人：你到过哪里，发生过什么。

　　每道伤疤、每个过去，见证了你之所以成为今天的你的过程，也将要见证你就要开心起来的未来。

钢铁侠的玻璃心

Sorry, Tony, but he is my friend.

So was I.

电影《美国队长3：内战》（Captain America: Civil War）里，当钢铁侠回答美国队长这句话时，脸上的表情从震惊到失望，进而变得伤心欲绝，脆弱得让人不舍。

"我曾经也是你的朋友啊！"这是他最沉重的控诉，因为他只听到了他以为的意思。

我们总习惯用自己的角度与心态，去解读他人说出口的话。

钢铁侠以为，他听到的是美国队长选择了冬日战士巴基，而背弃了他。但，如果美国队长不是这个意思呢？

对于交情够好、把他当作自己人的朋友，我们常会有懒得多做解释的倾向——凭我们之间的交情，怎么还需要我多说呢？就算我不解释，你也应该都懂得吧？多说就矫情了，就做作了。

在我看来，美国队长是这个意思。

"Tony，虽然我们偶尔意见不合，但一起经历过那么多事了，我们之间还需要多说、还需要多解释吗？一个眼神、一个动作，我就懂你，你也该懂我。"

在他话里没有完整说出口的意思是："Tony，真的很抱歉，我非这样做不可，他是我的朋友。"

在我听来，他并没有把钢铁侠排除在"朋友"的范围与界线之外。反而，比较像是在跟自己兄弟解释冬日战士与自己的交情，希望钢铁侠也可以把冬日战士当作自己的兄弟来对待。

只是，对钢铁侠来说，他要的是独占性，他要当你的第一朋友，最值得信任、最能为彼此牺牲付出的第一朋友。所以，他才会因为"He is my friend"这句话而受伤，反射性地启动自我防卫系统，说出："So was I."简单地把与美国队长之间的友谊断成了过去式。

只是，美国队长一直认为就算意见不合、就算争执不断，但真正的朋友不就应该直言不讳吗？一起经历过这么多事，我以为你知道我们的友谊是不会轻易决裂的。

断开友谊的人，钢铁侠以为是美国队长，但其实是他自己。

说穿了，钢铁侠也不过就是个标准的男人。

男人会想尽办法掩饰自己的伤痛，用冷嘲热讽来表达对旁人的关心，从他的嘴中很难听见坦率的赞美或表白，因为他不能轻易让人知道自己的良善，在他看来，那是脆弱的表现。

在日本山田洋次导演的电影《家族之苦》里，对于男人这样惯性压抑情绪的行为，借由爷爷这个角色的几场戏表现得淋漓尽致。

《家族之苦》讲的是三代同堂的故事，结发将近45年的老夫老妻，老婆在生日当天竟以"离婚"作为礼物，导致整个家庭陷入了混乱。

不管大家怎么劝,爷爷都说不出好话来挽留心意已决的婆婆。

他总是说:"那样肉麻的话,怎么可能说得出口呢?在一起这么久了,就算我不说,她也应该都知道吧?"

甚至,所有人聚在一起召开家庭会议讨论这件大事时,婆婆终于说出了为什么想要离婚的理由,可他还坐在边上,一副事不关己看热闹的模样,甚至嘲笑起为此而吵起架来的儿子和儿媳妇。

他没办法在众人面前,显现出自己因为这件事而难过的样子,他更没办法在众目睽睽之下,跟婆婆道歉说出"我错了""我一定会改"这样的话。

在婆婆提出离婚要求后过了几天,他整顿好了自己的心情,决定要成全她的心愿。

那天,跟往常一样,又是一个平凡宁静的夜晚,他在婆婆早就填好的离婚申请书上签好了名,盖上了章,递给她说:"这么长的一段时间一直受到你的照顾。如果这就是你想要的,不帮你完成好像也有点说不过去。我只想说,这45年来,我一直觉得,有你在,真好。"

说完后,他还故作轻松地比了个俏皮的手势,对婆婆说了一句"Thank you"这样的英文。

在他把离婚申请书递过来的时候,始终处在惊吓状态下的婆婆在听完这段话后,利落地撕掉了申请书,微笑且优雅地说:"这样就够了。我会跟你过完这一辈子,直到谁先死去的那一天。"

虽然还是讨厌他爱喝酒、臭袜子总是乱丢,平常也听不到他说什么赞美自己的话,但逼到了最后一刻,只是简单地听到他说"我一直觉得,有你在,真好",她就什么气都消失不见了,什么过不去的心结都过去了。

女人并不是总想着要甜言蜜语，她听得懂也听得出你话里的真心。如果只会拿华丽的辞藻堆砌出空洞的承诺，那么她不会要这样的幸福。

在一起生活了大半辈子，她也明白你的坏习惯还在、臭脾气难改，她要的也不过就是一个心甘情愿。

是你明白了，她对你来说很重要，她要离开，你会很心慌。所以，她心甘情愿地把剩下的人生，继续跟你牵着手走完。

只是，偏偏真心话对男人而言，是最最最难说出口的温柔。

对钢铁侠来说也是一样，他不但日渐被自己这一路走来的罪恶感吞蚀，极度苦痛着，还说不出好听的甜言蜜语让小辣椒气消，他给不了她要的未来，只能眼睁睁地送走他心爱的女人，无力挽回。

小辣椒这一走，他的人生全乱了。他表面上不说，以为大家都看不出来。他继续对身边的人事物冷嘲热讽，他埋首研究钢铁侠如何再进化升级，但复仇者联盟内部的失控状态已经让他无力回天，他更无法原谅自己当初赌气送走了父母。

这么多怒气与不满积累在心里，他必须要找到一个可以怪罪的对象，好让他泄恨。他需要好好发泄心中的负能量，虽然这些情绪绝大多数是针对自己。

很多人不能理解，为什么钢铁侠不能像黑豹一样通情达理，放下仇恨，不让愤怒左右自己。

他当然也明白，但他必须要找到一个可以生气的目标，让自己有个可以泄恨的对象。虽然，他真正无法原谅的对象，其实是自己。

美国队长选择了离开，钢铁侠当然觉得受伤，但他无法坦率地说出不希望美国队长离开这样的话，于是，他又再赌气地说："那个盾牌是我爸爸做的。"

这就像是从小一起长大的两个小男孩在泥浆里打了一架，翻脸了，眼看对方要走了，可能从此消失不见，两个人再也不会是朋友了。但，"我并不想要跟你绝交呀！"情急之下钢铁侠脱口而出，"你不能走！要走也要先把我送给你的东西，通通还给我再走。"

他以为这样子就可以把想离开的人留下来，却只看见美国队长扶着冬日战士离去的背影。而那个他以为能够留住人的盾牌，孤零零地躺在地上与他冷眼对望。

所幸，疲惫不堪又伤痕累累的钢铁侠还有蜘蛛侠。

与其说钢铁侠是蜘蛛侠的导师，不如说蜘蛛侠是救赎钢铁侠的重要存在。借由教导蜘蛛侠的过程，钢铁侠慢慢修补自己内心的伤口，他感觉被需要，并努力弥补同样伤痕累累的这个世界。

在内心深处，他也明白了，当自己真正需要帮助时，美国队长一定会及时赶到。他们之间的友谊已经不再是朝夕的相处，而是你若安好，便是晴天。

终于落下的眼泪

忘记自己是从什么时候开始喜欢上她的,可能是从第一次被她拒绝时开始的,忍不住就留意起这个女孩——他是一个热心的人,见到需要帮助的人总不吝啬伸出手,加上又细心,所以人缘很好,尤其是女人缘。

女人总乐于接受他的小小帮助,也很容易以为他对自己最特别。

却不明白,他只是家教好。

他从小就被耳提面命"助人为快乐之本",不知不觉,帮助其他人已经成为他的一种生活习惯。乐于助人、细心体贴,加上善于表达,有太多太多表错情的女孩最后都只能默默吞下伤心的泪。

他没有恶意,也不是故意玩弄女孩的感情,他就是这样一个很难让人不喜欢上的男人。

前一阵子,公司来了一个女孩,大家都叫她小薇。

小薇对所有人都保持着一定距离,是那种不太容易亲近的个性。工作上没出什么状况,但就是独来独往,准时上下班,不参与任何同事聚会。

有一次，他们两个人一起出门拜访客户，回到公司楼下出租车门刚一关上，小薇就想起自己不小心把工作备忘录忘在车里了。

回头要追，已经来不及。

"没关系，我来处理。"他沉稳地安慰她，正要拿起手机打给出租车公司，却被小薇阻止了。

"这是我自己出的错，我自己来处理。"不是害羞的推托，她很坚定地拒绝他的帮助，"我有记下车号。"她简单的解释后，开始跟电话那一边的出租车公司客服交涉。

以往，他遇到的女孩在这个时候都会顺势依赖他，但她没有。看着她坚毅的神情，他开始好奇起她这个人。

怎么会有这么好强的女生？

过了几个月，公司同事结婚喜宴上，全公司的人几乎都到齐了，更特别的是，小薇竟然也到了。

他和小薇的部门被分配到同一桌，他刻意选在小薇的身旁坐下。

"真难得会在这样的场合看到你。"

"她是我大学学姐，一直很照顾我，没想到居然进了同一家公司。"小薇依旧话不多，简单地做了解释。

婚宴上播映的成长影片、新人交换誓词这些流程逼哭了许多女同事，小薇却只是像看破红尘般静静地微笑着，一杯红酒接着一杯，默默地看着一切。

散场时，他留意到小薇的步伐有些蹒跚，来到她身边想要帮忙。小薇伸直了手臂，用食指指着他左右摇晃着说："NO，NO，你太危险了，我可以自己回家。"

危险？他忍不住笑了，这还是第一次有人用这个词形容他。

"那我陪你走一段路，等你清醒一点我再离开。"

"不用，我可以自己回家。"她话才讲完，一转身就差点撞到要离开婚宴的其他宾客。

他赶紧一把扶住，她这才没倒在地上。

好说歹说，她才同意他买了水，带着她在路旁的公园先坐了下来。

小薇边用矿泉水冰镇自己通红的双颊，边深深大口呼吸着。

看着这样的她，他意识到自己已经不光是单纯地想帮忙了，他还有更多的不放心交杂在自己的情绪里。

"你刚刚为什么说我很危险？"

小薇正低头跟矿泉水瓶盖奋战，没有想要正视他的问题。

他作了一个想帮忙的手势，她摇了摇头，用自己裙摆包住瓶盖，终于成功开瓶。

他留意到她的手指，因为太过用力，不但泛红，还划破了皮。

"你刚刚为什么说我很危险？"他不死心地又追问了一次。

"你是很危险呀！太热心助人了，很危险。"

他听不懂这段话的逻辑，却又觉得这样的她很可爱。

"你呀，太逞强了，手都破皮了。"

小薇低头看着自己的手，没有说话。

"刚刚好多人都哭翻了，Peggy呀，Lucy呀……新人送客拍大合照时，他们都还在哭呢！"他说着些言不及义的话，想要打破尴尬的沉默。

"我已经很久不哭了……"酒精的催化让她今天特别多话。

"为什么？"

"既然怎么样都不会得救，就不要白费力气表现脆弱了。"她说完这段话眼神黯淡了下来，这样的眼神让他很心疼。

她说，已经不记得是从小学几年级开始，只要回到家看见餐桌被翻倒在地上，便知道大人们今天又吵架了。

她就这样从年纪还很小的时候，被训练成懂得看人脸色。

在那个男人还没有抛下他们母子离开前，她是负责跟他讨每月生活费的小孩，每次迎接她的都是嫌恶的眼神。

"对那个年纪的小孩来说，那样的眼神很伤人，就好像在说'巴不得当初没把你生下来'。"她缓缓喝了口水，又说，"等我长到了够大、够坚强了以后，在人前，我就不再掉泪了。"

他忍不住轻轻拍拍她的头，轻到像是怕弄痛她。

他好像有点懂了，对小薇这样的成长背景来说，逞强本来就是一种直觉反应。是野生动物遇到天敌时，下意识要自我保护的那种反应。反倒是展现柔弱需要太大的勇气，她会怀疑自己何时能做到。

"真不知道干吗跟你说这些……"小薇做了个鬼脸，话都还没说完，突然开始大哭。

他静静地陪着大哭的她，有一点点开心。

"谢谢你愿意让我看见你的痛苦和眼泪，如果可以的话，我想继续陪在你身边，带给你快乐。"

小薇抬起头，边啜泣边看着他，想起之前看过的一段话：要找喜欢你笑容的人，很简单。但，愿意接住你眼泪的人，却很难。

人生
本就该有千样姿态

最近迷上走路回家，一开始想让自己适应这件事时，请出了自己喜欢的音乐来帮忙分摊苦痛。

后来，渐渐喜欢上走路回家这件事后，就顺势让自己彻底在一小时的时间里完全放空。

很多事必须自己觉得舒服，没有压迫，感到安全，你才会持续去做。这个道理可以应用到人生的所有事情，不管是人与人之间的往来、爱情，还是工作，关于运动这件事，更是。

对于我来说，运动不是为了参加比赛，而是要让自己有运动到的舒畅感。我不追求速度，不追求掌声或奖牌，而是享受运动过程中的专注与放空。

专注于眼前的事，才是目前最要紧的，把终日思考着的、挥之不去的思绪暂时搁置，放空地度过这一小段时间。对我来说，是效率极高的抒压方式。

因为要走路回家，所以我会刻意减轻放置在包包里的内容物，但走着走着，在过一段时间后却还是会觉得沉重。于是每一次走路的过程中，从一开始的十五分钟，到后来每五分钟，我都必须交替背包，让左右肩膀休息一下，也让自己变换个姿势继续前进。

不管原来的包包有多轻，如果不在适当的时候变换一下姿势，身体的酸痛感就会难以避免。

这道理我们都懂，不必人教也会应身体的需求、发出的警告而去做。可在人生里，我们还是会常常为难自己，要求自己以一贯的姿态去应对所有的为难。

要坚强，不能哭，不要麻烦别人，最好所有的事都能独力完成。

你要求自己以一贯的姿态去面对所有的好好坏坏、所有的为难与欢喜，在风雨飘摇时，在晴天朗朗时，也在攀登峰顶时……但人生是由各式各样的高山低谷交错组成的，你无法坚持只用一种姿态攀爬。人生的路始终会比我们想象中漫长，你不能总是挺直身影坚持以一种姿态前进。

逆风时弯腰，疲累时就停下脚步歇息。

顺风时展翅飞翔，丰收时欢庆并感谢。

你的人生应该用你感到的最舒服的速度，你的人生可以用千变万化的姿态对应。

别人无法理解那是必然，因为这不是他的人生。

别人的批判与质疑就当参考，决定还是在自己。

别人的在乎不该影响你，不少这个喜欢你的人。

你的人生缺的从来不是对别人的解释，而是让自己最舒适的姿态。让自己可以随着路况转换，当顺势时能蜿蜒而上，逆势时也能蹲低等待时机。

你不必总是那么坚强，偶尔的脆弱并没有对不起谁。

你不必总是扛起所有，放下了手，天也不会塌下来。

你不必总是无波无动，老天爷也会连着七天下大雨。

你，可以软弱，可以不负责，可以大哭大闹。人生在世，我们都是头一遭，难免犯错，难免失落，难免不知所措。

就像电影《史蒂夫·乔布斯》（*Steve Jobs*）的片尾曲 *Grew Up At Midnight*（《半夜长大》）里所唱的：前一天我们都还只是个孩子，只是被迫在午夜之后就要长大成人。

07 大人

长成大人之后,我们太容易忘记"痛就要说""流泪不可耻"这样简单的事情。

什么样的谎言能够被原谅？

提到说谎，多数人的反应都是皱眉，不悦。但仔细想想，你，没说过谎吗？

人的一辈子不可能不说谎，差别只在于说谎的原因和目的，所以才会有"善意的谎言"这种说法。

曾经看过一组跟"谎言"相关的研究数字，是这样子的：每个人平均在每十分钟的谈话中，就会说出三个谎话。

这个数字有点惊人，你或许会觉得难以置信。

那，让我们换个角度来看看另一组数字：婴儿在六个月大时，就会利用假哭和装笑引起父母的注意。

这样的结论好像比较可以理解和接受。那么，让我们再接着往下看关于"谎言"的研究，还会得到什么让人出乎意料的统计数字——每个人平均每天要撒四次谎。

若是照这个统计数据去计算，每个人一年要说上1,460句谎话。当你活到60岁时，也就代表你已经说过将近88,000句谎言。

对于这样的研究结果，如果你的反应是"道德竟沦丧至此"，那么是因为你把说谎这件事想得太严重了。

其实，我们每个人都经常在不知不觉中就让谎言脱口而出，尤其是那些为了掩饰自己真正心情的谎言。比方说，在自己一点都不好的时候，还是对关心你的朋友说了"我很好"。

听到这里，你好像有点懂了，终于恍然大悟。

你说，自己也是一样的。

在面对朋友关心的眼神时，你总是会抢先说"我很好"。因为如果这样做了，就不必在朋友问起你好不好时，被迫说谎。

说谎到底能不能被原谅？

很多时候，我们之所以说谎都是为了自我保护。毕竟对每个人来说，这世界上最重要的、最应该要保护的，始终是自己。

我有个朋友大伟，人缘不错。多数人在提到他时，都不会否认以下的形容：诚恳，老实，没有心机。但其实，在他毫无杀伤力的外表下，他时时算计着如何做才是对自己最有利的状况。

人际关系的交流与培养对他来说，是巩固自己与身边人相对利害关系及地位的重要手段。要跟谁交朋友、跟谁走得再近一点，他都会先经过沙盘推演，然后再彻底执行。

由于他平时塑造的形象极好，他主动攀谈或接近时，几乎不会被人拒绝。谁都想不到在这样文质彬彬的外表下，有着一颗极度愤世嫉俗、时时提心吊胆、避免自己被伤害的玻璃心。

这样处处小心，汲汲营营，倒也不能全怪他。

大伟是苦过来的孩子，在他成长的一路上几乎是孤孤单单的，没有大人帮忙遮风挡雨的他，只好被迫学会自己坚强。

中学时的他，被霸凌过一段不短的时间，导致他习惯性地怀着敌意防范主动接近他的任何人,生怕又有人随时要把自己手上仅有的东西抢走。

从来没有人教过他,该如何跟别人友善的互动,也从来没有人告诉过他,朋友之间的帮助往往不带有特殊的企图。

长期在这样没有安全感的状态下长大,只要稍微感受到生存危机,他就会把挫折给妖魔化,把挫折当成旁人对他的刻意打压。

不管这些挫折跟旁人有没有关系,不管这些挫折是不是只因为当时的自己时运不济。久而久之,在他的心里坚固地建构起一套SOP,只要事情不顺遂,就会马上编排出一套漂亮的说辞来保护自己的完美形象。

这些他凭空捏造出的说法,不管波及谁、让谁背了黑锅都无所谓,只要能让他自己全身而退、心里感到安慰就好。

更让人不寒而栗的是,对于自己编排出来的故事,他向来深信不疑。

他完全相信事情的发展就如同他所想象的那样,不是因为他做错了些什么,或是老天爷就是要他在这时候跌个跤。

他完全相信事情就如同他的想象,是某个谁见不得他好、刻意要打压他,或者他就是权力斗争下的牺牲者。

总之,他永远是那个最最最无辜的受害者。

那些张牙舞爪摆明了朝着你扑过来的、摆明了要设局陷害你的人,我们还能够想办法闪躲与防备,但像大伟这样的人,你根本防不胜防。

他一脸诚恳带着微笑靠近,不知道什么时候,一旦怀疑自己受到威胁,为了自我保护及求生存,他便会毫不迟疑地将那把锋利的刀刺向你。即使你当他是朋友,根本没有伤他的意图。

伤重倒地之际,你看见的,还是他眼神里的诚恳。

他的谎言是为了保护自己,你能够说他是错的吗?究竟,这样的谎言能不能被原谅?

比起全垒打，
更想要四坏球保送

你习惯在旁人问你好不好时，大声地回答："我很好！"语气要坚定，声音够洪亮，而且必须记得带着笑容。

你总以为自己掩饰得够好，却因为异于平常的音量，轻易地就能让人察觉到你的不好。

刻意地大声说话，是人类心虚的直觉反应，想要掩盖些什么反而更容易被识破。越是刻意大声地回答，往往就越能代表其实一点也不好。

那么大的音量，是为了说服别人，也同时说服自己。

那么大的音量，是为了掩饰心虚，盖住眼角的哀伤。

你以为这是让自己勇敢起来的方式，说久了就会成真。

你相信这是可以勇敢起来的方式，于是先说服自己，让自己相信。

你总以为让自己勇敢起来的方式，就是假装自己很勇敢，装久了也会成真。

当你终于可以装到连自己都骗过去的那一天，你相信自己就会真正勇敢了。其实，更多时候的"面对"是另一种更踏实的让自己勇敢起来的方式。

我们总是逃避的原因是"害怕",害怕没有把握的未来,所以放纵自己逃离,让自己继续沉溺在不知情的盲目快乐当中。但"面对"这件事会让你脱胎换骨,重新做人。

我们总是把"面对"想象得太困难,实际去做了才发现,不但很简单,还更意外地让自己一派轻松。

很多事你可以暂时逃离,却无法一辈子不面对。

"面对"是痛苦的自省,往往发生在当你觉知自己可以从另一个角度看待同一件事时,那么,就代表你已经开始有所改变了。

像是,惊觉自己总是爱上同一种渣男或同一型公主;像是,明白了自己常为省得麻烦却造成别人的麻烦;像是,总是为了让别人满意而赔上了自己全部情绪。

面对的过程很痛,很难,会让你想要逃避,宁愿摆烂,继续沉溺,再加上,宁愿"安逸"这样的情绪,也任性地拉住你在原地动弹不得。

说穿了,这样的安逸只是逃避现实的怠惰。如果放任自己身陷其中,一个不留神,不知道哪天你就会惊觉,自己已经变成小时候最不想成为的那种大人的模样。

在日本导演是枝裕和的《比海更深》(*After the Strom*)这部电影中,他借由在别人眼中相当失败的男主角来讨论"你成为自己理想中的大人了吗"这个问题。

由阿部宽(Abe Hiroshi)饰演的男主角,在35岁时,因为第一部小说拿到了一个不大不小的文学奖,过了十五年后,第二本小说却依然没着落。

当年拿奖时,他曾以为自己已经成为想象中理想大人应该有的样子。但是,现在50岁的他,却是年轻人最不想成为的大人样子。

讽刺的是,他也曾经说过,他并不想成为像自己父亲一样——最讨厌的那种大人。现实人生本来就像失意的男主角对着高中生怒吼的话一样:并不是每个人都可以轻松地成为自己理想中大人该有的模样。

我们能做到的,就是正视自己的平凡,明白自己终其一生也许成就不了什么大事,但至少可以把自己一天天的人生过好,这是不管在几岁的我们,都必须面对的无情与残酷。

关于人生的无可奈何这一点,在破碎家庭中长大的阿部宽的儿子,倒是很脚踏实地在面对着。

也许对他来说,理想中大人的样子还有些模糊,但关于现在该做个什么样的自己,他倒是很有想法。

在又一次的棒球比赛过后,回家的路上妈妈这样鼓励他:"下次要打出全垒打喔!"说完还摸摸他的头。

"但,我就是想要被四坏球保送呀!"他坚定地回答。

比起全垒打,他只想要被四坏球保送,那是他设定的成功目标。并不是每个人都想要那种符合大众期盼的样版式的绝对成功。四坏球保送上垒也可以是一种成功的目标,即使这样的成功其他人并不认同。

就像大家都觉得最尊敬的人就该写特蕾莎修女(Blessed Teresa),但男孩的作文里,偏偏写的是"我的祖母"。

对男孩来说,所谓的勇敢,并不是拼命去满足别人眼中自己该有的样子，而是努力达到自己想要的目标，表达自己心中的想法。

就算别人眼中那样的自己一点都不帅，但却是他最贴近的、自己想要的模样。

他不是没有梦想或不敢做梦，他只是一个比较体贴、比较踏实的孩子。他知道父亲要送球鞋时不能选昂贵的美津浓，去快餐店点餐时只能点一份，因为潦倒的父亲没有钱。

他尊敬把生活过出自己一套哲学的祖母，他听着祖母说"幸福是要牺牲一些什么才能得到的东西"，也踏实地感受到祖母对自己的疼爱。

四坏球保送上垒对他来说，就是现在的自己最踏实可以达成的目标。完成一个小小的目标，再接着往自己立下的下一个小小的目标前进。这样一小步一小步向前走着，这样一天一天踏实地长大。也许有一天，就可以抵达自己理想中的大人该有的样子。

让自己勇敢起来的方式，不见得一定是惊天动地到足以力拔山河的大事，也有可能像是四坏球保送这样比全垒打还让你开心却微不足道的小事。

但是，因为你做到了一直要求自己做到的；但是，因为你没有放弃让自己去尽力做到。于是，你也就找到了可以让自己慢慢变得勇敢起来的方式。

只要我过得比你好

七夕情人节那天,我感触良多地写下了一则短文。

在街上遇见挽着另一半的旧情人。

自己最好的状态,不是身着华服、妆容美好,而是,我的手也正巧有人牵着。

这则短文,其实有更简单的几个字可以替代:只要我过得比你好。

我们带着七情六欲过这一生,不论对象是谁,总免不了会有眼红或心理不平衡的时候。

关于"分手后要不要祝福前任"这一课题,我向来觉得那是种多余的祝福。

祝福了他,他也不见得真的会从此幸福,有这样的余力,还不如让自己过得更好。万一,他真的比较幸福了,你会不会悔不当初自己的离开,或是自己曾经给过祝福?

在过去相处时已经用尽全力全心对待,就算是因为自己的付出不是他要的方式才断送了这段爱情,但你已经对得起这份爱情,对得起你们的相遇。

因此,让自己过得更好,应该是远比希望对方过得好,更为重要的事。

当然,我们都会在跟朋友聊起来的时候,说一些像是"如果他过得不是那么好,那我就放心了"或者是"不管怎么样,一定要过得比他好、比他先找到下一个幸福"这样子的玩笑话。

但,谁比谁过得好,有何重要?

重要的是,你是不是真心觉得自己过得足够好。

在那个被人生第一场爱情遗弃的年少,当时心痛到无法再感觉到痛,深信自己被留下了、被遗弃了。

从小就害怕着,并一再重演的噩梦终究还是发生了,自己不被任何人需要,尤其是第一次想要好好去爱的那个人。受到了这样的挫败,在内心和气力还弱小、还没被豢养到足够强大的时候,因为担心自己不被需要、不够重要,总是躲着不肯见人。

具有这样自卑性格的某些人,可以经过时间的历练,慢慢得到自信,但有一些比较心急,急着被爱、被肯定的,则会在好不容易有了一点点成就时,就敲锣打鼓唯恐天下不知。

因为担心别人不明白自己有多优秀,因为担心再不告诉别人自己有多好,就不会有人愿意爱自己了。所以,自卑反而驱使了过度的自负,自吹自擂。

还有一些人则是实在太过自卑了,为了保护软弱的自己又加上太害怕再被谁伤害，反而把个性扭曲成傲慢、难以亲近的讨厌鬼。

学会用傲慢武装自己，把傲慢用力往上撑，架起一个巨大的外在形体，把自己完整地包裹起来。那是一种空心的傲慢，空荡荡的内心里装着满满的自卑，是种弥漫着腐烂气味的水仙般的孤芳自赏。

没自信的人，只能从别人的爱、别人的称赞，或者前任过得并不好这样的窃喜当中，堆聚起不堪一击的信心。这歪七扭八的信心经不起碰撞，只要被任意抽走一块，就会瞬间崩塌。

经历了些什么都是人生的过程，没什么可以多说的，也没什么可以抱怨的，重要的是你走过来了，你克服了以前的自己，而且现在的你很快乐。

真的过得很好、早就走出过去的人，才不会管前任到底过得好不好。因为你很清楚明白自己现在过得很好，这样的好，给你足够的自信。就算在别人眼里觉得你过得只算还好，但你获得了自我心理强大的满足，根本不需要别人的肯定才能肯定自己，你过得有多好自己最明白，不必跟谁证明或者向谁交代。

你的人生好到根本不会想起他。他过得好也罢，过得不好也罢，都不干你的事。

不是目空一切的盲目快乐，而是发自内心的满足。就算物质条件不及他人的富裕，但精神上的丰盈却胜过了一切。

对你来说，现在的自己过得比谁都好、都开心，这才是最重要的。

成为大人是怎么一回事

在年纪还小的时候,你也经常有过这样的疑问吧?

"成为大人究竟是怎么一回事呢?"

即使到了现在,确实已经长成了大人这样的岁数,却还是不能够精确地说出"所谓的成为大人呀,其实就是这么一回事呢"这样笃定的话,恐怕是所有大人们都有的迷惘吧?

日本某啤酒品牌针对这样的"迷惘"拍了一系列意味深长的广告——《通往大人世界的电梯》。

广告中,妻夫木聪这个迷惘的年轻人,带着期待又不安的心情搭上了电梯,而这神秘的媒介将带他任意畅游大人的世界。

缓缓上升的过程中,他的脑海里充斥着许多想象。

就像我们一样,也曾幻想长大以后的自己,会住在宽敞漂亮的大房子,会有个心爱的人陪在身边,每年至少出国两次,可以摆脱现在的无力感,无忧无虑地过着日子。

但是,电梯载着他去到的地方,不是他的未来,更没有他以为会看见成为大人后自己的样子。

电梯载着他去了三个不同的场景,遇见了三位不同的大人。

这三位不同的大人，分别是北野武、竹中直人、Lily Franky（中川雅也）。

他们虽然在各自的领域里都活得精彩，独特的人生历练尽刻在脸上，写进眼里，却不是一般社会标准中那种成功人士应有的样子。因此，当他们用自己的逻辑来回答妻夫木聪的疑问时，好像也挺能让人从中理解一些道理，得到自己想要的答案的。

面对人生的前辈，妻夫木聪忍不住一个问题接着一个问题，而这些问题不过是想要弄懂：所谓的大人，到底是什么？

他跟北野武聊到了金钱。

"钱要赚多少才够呢？"这是年轻人的疑惑。

"到餐厅吃饭的时候，口袋里有不管点什么料理都吃得起的钱，就够了。"人生的前辈这样说。

北野武讲的是一种对金钱豁达的态度。

钱，当然没有人会嫌赚得太多，只是要赚到多少才能够让你真正满足，不会有标准答案。

每个人的欲望层级和需要被填补的安全感各不相同。只是，在追逐金钱的过程中，所必须付出的代价，不论是把人生经营得从容不迫、追求梦想可能的牺牲冒险，还是那些原本该陪伴重要的人的时间或是自己的身体健康，都是要我们自己去取舍、衡量的。

没有轻易获得的成功，没有简单入手的财富。到头来我们终究会明白，想要的远远超过必要的，这才是让我们面对金钱永远不会满足的真正原因。

接着，他们讨论到了："要如何让自己看起来不下流？"

"就要老实说出来呀！当不能说出口的欲望被看穿的时候，就会被说下流了。"北野武的回答深得我心。

人的七情六欲其实相去不远，只是平常在道德观的束缚下，都不敢明目张胆地说出口。可以坦白说出跟别人一样都有的欲望，反而会显得你直白可爱。

不再玩猜来猜去的游戏，就直接戳破虚伪的清高假象。

欲望来自于人性，任谁都会有说也说不完的想要清单。

因为一直被教育拥有欲望是自私的、拥有欲望是见不得人的是让人害羞的，所以我们常违背本性假装自己并不在意，无法正视自己的欲望清单。

老实说出欲望，就像是要把藏得最深、最不愿意面对的自己摊在所有人面前一样困难。这些困难与别扭，会在终于能够说出口后完全得到释放。

终于能够随心所欲，终于可以任性而为，终于不再害怕被失去绑架，日子再也不会比这个时候更畅快、舒服。这是成为大人后的任性与自在，但这样的任性自在还是有它的分寸，不会让自己的任性去伤害别人。

我们太明白这些说不出口的、在每一次的呼吸与眼神照会之间流窜的欲望，正因为太明白，也就学会了更容易看穿他人的欲望。

看穿了欲望，放下了比较与嫉妒这些杂乱情绪，才明白了，会失去的原本就不属于我们。

接着，在两个不同的场景里，两位人生的前辈又跟他讨论起各自不同的课题。

"大家都说积累经验会越来越轻松吧？才没有这回事呢！"竹中直人毫不客气地戳破了妻夫木聪眼底的希望。

成为大人并不表示我们就会凭空得到某种超能力，变得坚不可摧、凡事都有办法解决。

成为大人以后，我们也许会更加没用，面对不断出现的人生关卡不停地卡关。是经验的累积成就了我们的耐心以及看穿世事无常的眼力。

我们学会了等待雨过天晴，我们明白了就算顶上总是乌云密布，这世界的其他角落也不会同时下雨。

就算是有点没用的大人，也明白了成功的定义在于终能超越自己的那一天。

就算是有点没用的大人，还是学会了老天爷给的课题往往需要时间找答案。

就算是有点没用的大人，在关卡的面前终于能够忍住不耐烦不逃避的面对。

就算是有点没用的大人，知道了原谅不是轻易放过谁而是真正地放过自己。

接着，Lily Franky更是毫不留情地句句逼近，对他说："变成大人会越来越痛苦喔，很多讨人厌的事等着你呢！什么是变老？就是哀愁不断累积下去……人类越被世俗污染，就越爱哭，真的会越来越爱哭。"

变成大人是不是真的就越来越痛苦或是越来越爱哭？

变成大人之后真的就有更多讨人厌的事等待着我们?

其实不尽然。

人生每个时期都有各自觉得过不去的苦痛，但我们终究还是走过来了。

变成大人以后并不会越来越痛苦，相反的，会越来越豁达。那些大人会有的苦痛、低潮、忧郁，当然是避免不了的，但之所以不会越来越痛苦，是因为在成为大人之前这沿途的准备与练习，让现在的我们被负面情绪困住的时间越来越短。

我们看穿人生的复杂是来自过于计较的心态，当你可以把日子过得简单随心，就不会再舍得为了计较谁胜谁负而失去了已经拥有的快乐自在。你终于明白，可以弄坏你情绪的不会是别人，往往都是因为自己。

我们也许阻止不了坏天气的发生，但是当暴风雨来袭时，就像经常听到的那句话所说的：

我们要做的不是要等待暴风雨过去，而是要学会在雨中跳舞。

Life isn't about waiting for the storm to pass...It's about learning to dance in the rain.

在成为大人以后，很多人都变得爱哭了，那是因为我们的心越来越柔软。越来越明白，随着岁月的流逝，我们失去的会越来越多。

泪水是哀悼失去的美好，是珍惜还能够留在身旁的。

当初，那个血气方刚的少年、那个看不惯这个世界总是愤怒着的自己，在变成了大人之后终于愿意拥抱这个不完美的世界、不完美的人生、不完美的自己。

明白了自己的不完美,接受了自己的人生即使不是最完美的,却是最如自己心意的一趟旅程。

一辈子很长,最重要的始终还是自己。

这样的意思并不是要你成为一个自私的大人。而是因为受过伤,明白了就算被伤成这样,还是可以活过来。

更明白受了多大的伤都没什么大不了,只要自己还在,只要自己还愿意努力下去,事情就总会有变好的那一天。

也不再总是要求自己必须坚强、独立、懂事。受了伤也没关系,脆弱点也没关系,想依赖谁都很好。

就算是个不那么OK的大人,也没关系。带着伤允许自己偶尔的脆弱,累了就去依赖谁。等到可以强大起来的时候,再也不怕会被伤害时便可以成为谁的依靠。

这就是你这一路走来,努力成为的大人的样子。

曾经想象过的大人的世界,跟你后来看见的有什么不同呢?

成为大人到底是怎么一回事?

在我看来,成为大人就会明白了一些像是这样的事情——

是你明白了好事总是跟坏事一起来。

是你懂了心动之后的心安才更重要。

是你可以自然说出,不想与不愿意。

是你爱着一个人也不见得能在一起……

作为一个大人要忍耐的事

在我年纪还很小的时候读着三毛,关于"长大"这件事,她有着这样的描述:

老师常常穿着一种在小腿背后有一条线的那种丝袜。
当她踩着高跟鞋,一步步地移动时,美丽的线条便跟着在窄窄的旗袍下晃动。
在那种时候,老师,便代表了一种分界,也代表了一个孩子眼中所谓成长的外在实相——高跟鞋、窄裙、花衬衫、卷曲的头发、口红、项链……

这段文字影响我很深,那时的我以为穿上丝袜与高跟鞋,便是一种长大必须要有的模样。

于是,从年纪很小的时候,我就开始期待着穿上丝袜和高跟鞋这样代表长成大人的事。等到自己真正穿上丝袜和高跟鞋,却出乎意料地,带给我难以想象的苦痛。

但是,为了符合自己一直以来的心中的期待,我忍耐着穿丝袜与高跟鞋的不适，只希望自己可以更接近三毛所描述的大人该有的样子一些。

每次的闷热、磨出水泡、破皮，都跟距离当初自己想要成为一个大人的那种兴奋、期待落差得太过遥远。

这真的是作为一个大人应该要忍耐的事吗？

忍耐着职场上不合理的对待，才会被归纳为懂事。

忍耐着不让真正的情绪宣泄，才能被归纳为成熟。

如果，懂事成熟就代表了凡事委曲求全，那么，我们可不可以不要长大？

作为一个大人要忍耐的事，种类繁杂到十根手指头数也数不清。

像是我的朋友小花，前几天到去东京出差。她刻意提早了一天出发，只为了跟正在东京度假的老公和女儿可以在异乡相聚几个小时。

可他们父女两人其实已经到东京旅行超过一个星期了，原本计划当天就要回家的。

短暂相聚过后，小花送他们去搭前往机场的成田特快，之后她一个人孤零零地搭上湘南新宿线。

原本早就习惯了一个人在不同国家出差的她，突然觉得好寂寞。挥别了亲爱的家人，自己孤单地转身过后，眼泪就不争气地掉了下来。

好讨厌出差，好想和他们一起回家。但作为一个大人，这样的话是说不出口的。

可能你也处在一样的无奈环境中。明明是面对不喜欢的人，却还是要堆着笑脸，聊着天。

你说，最让人伤感的，不是一开始就不想打交道而保持好距离的人；最让人伤感的，是经过时间相处后看穿了的那些人。

你们曾经掏心掏肺地聊过，他却没心没肺地暗地插你一刀。在你都还来不及看清楚下手的人是谁时，他用最诚恳的表情继续靠近你，把那一刀插得更深。

他不是不明白你会知道是他下的手，但他总是有办法继续若无其事地面对你。

这是你怎么都学不来、也并不想要学会的大人模样。

作为一个大人要忍耐的事太多，首先要学会的，就是"忍耐"这件事。只是，忍耐不光是逼迫自己接受现实，更多的时候，忍耐也该有个出路。

忍耐，也要学着自己排解抱怨与不满。

忍耐，不能只是闷在心里什么都不说。

长成大人之后，我们太容易忘记"痛就要说""流泪不可耻"这样简单的事情。当抱怨与不满超过了自己可以负荷的，你会忘记了最初那个渴望长大的自己。

我们要学会有态度地长大，不要总是忍气吞声但也不是盛气凌人。有态度地面对所有人，并不是要你总是尖锐相对。针锋相对无法解决问题，但你的态度要在柔软中有着不可动摇的坚定。

这样你才能站好你的脚步，走你要走的路，成为你想要成为的大人的模样。

世界上
唯一重要的事情

有个故事的主角,设定是93岁的福尔摩斯,这位已经退休的名侦探,不但身体出现了问题,连记忆也开始衰退,但他仍决心在没有华生帮助的情况下,着手侦破一件几十年前的悬案。

这样的电影不吸引你吗?

《福尔摩斯先生》(*Mr. Holmes*)是一部以老年福尔摩斯为题材的电影,全片情节在几个事件、时空错置之间,交杂进行着:

一,让他决定结束侦探生活而退休的案件;

二,企图挽救自己的记忆力而前往日本的旅行;

还有,闯进他老年生活的小男孩。

我们总以为很了解自己身边的一些人,却往往不了解真实的他。就像福尔摩斯,我们所熟知的、在华生医师笔下的描述是:他喜欢戴着猎鹿帽、咬着烟斗。但事实上,他从来没有戴过那样的帽子,更别提他其实比较喜欢抽雪茄。

天天见面的同事、睡在同张床上的伴侣、从小一起长大的兄弟姐妹、见证你每段恋爱的死党,还有抚养你长大的爸妈,我们心目中以为的他们，究竟跟真正的他们差别有多大？

当这部电影终了时，我想到自己曾写过的一段话：现实人生跟柯南办案其实相去不远，真相只有一个。

真相的确只有一个，而且还常常不会是你准备好了要听到的那一个。但当真相摊在面前时 你真的准备好要接受了吗？还是你想要听到的是自己心中设定好的标准真相？

真相真的只有一个吗？

结局难道只有一种吗？

要从谁的角度看过去才是唯一的真相、才是所谓的结局？

也许，对很多当事人来说，真相是如何的早已不重要了。即便逻辑推演精确、眼神锐利观察如福尔摩斯，总是可以推敲出最接近的真相、最符合事实发生当下的状况，但那会是当事人想要听到的吗？

你急着要告知的真相，他真的想知道吗？

还是，他更想听到的是你说出他心中觉得的真相？

福尔摩斯一定没想过，自己会有记忆力衰退至此的一天。但也因为这样的变故，才让他有了全新的经历，才让他的人生转向了另一面截然不同的旖旎风光。

始终是个传奇的他，在电影终了前跌落到这世俗人间，褪色成了跟你我一般的凡人。他不再像自己年轻时恃才自傲，完全没有一点正常人的喜怒哀乐。

他曾经认为人死了就是死了，不必特别哀伤，因为哀伤这样的情绪根本无法改变事实，简直一点用处都没有。

他年轻时常因为太过直率、白目地发言，伤人而不自知。

现在，他试着不透过华生医生笔下，自己主动写起了小说。开始动笔书写，就好像开始明白了华生医师的一些心情。比方，为什么要虚构他喜欢戴着猎鹿帽、咬着烟斗。

书写的过程不止让他重新回忆了案件，还让他真正地面对了自己，以一个第三者的角度去检视总是不惜翻天覆地、不顾及旁人感受，只顾着追求真相的自己。

通过书写原本像是在叙述着的一个案件，让他终于想起，这就是让他决定结束侦探生活而退休的案件，是他心中悬宕多年的心结，这个事件严重到让他惩罚自己，离群索居35年。加上在那一趟原本是为了帮助自己、挽救记忆才去到日本的旅行。

导演借由广岛幸存者的遭遇与疗伤行为，让福尔摩斯在93岁的高龄才终于学会了人情世故的重要。他终于跟所有人一样有了喜怒哀乐，有了正常人类普遍的情绪起伏。

片尾时，他在草原上一一轻放石头，并且开始膜拜，他对天地产生敬畏之心、对于人世的无常，他终于感同身受。

93岁的福尔摩斯因为回忆起案件的全貌、日本那趟旅行的结果，还有与小男孩之间的相处，这三个不同时期发生的事件加总起来，让他学会了珍惜身边重要的人，也懂得了失去的苦痛。

但也因为福尔摩斯变成了凡人，一生固执于追求事实真相，对虚拟事件（像是华生对他以及所有案件的叙述）嗤之以鼻的他，才终于了解：很多时候，事实并不是这世界上唯一重要的事情。

当他对真相不再执着，也就终于学会了为什么平凡的人们常喜欢说一些善意的谎言。

善意的谎言，往往也是当事人真正想听见的真相。

也许，人们最想要的始终是弥补缺憾，人们最需要的是心理上的被理解与陪伴。所谓的真相到底是什么，也不见得是最重要的事了。

最难的开口

已经分手的两个人在许久不见后,意料之外地重逢时,最难的是开口的第一句话——

该说什么才得体?

用什么样的语气?

放多少情感进去?

Apple一直觉得自己很幸运,居然可以在这个不大不小的都市里存活了下来。这么多年过去,她终于从一个总是慌慌张张、不停在道歉的女孩毕业,长大成一个踩着高跟鞋也依然能踏出坚定的步伐、很明白自己接下来方向的女人。

这个女人别的不说,至少在外表上虚张声势所撑起来的气场,很能唬人。她有一份很喜欢又足以养活自己的工作,有了一些总是坏嘴却最真心的朋友,还有了数不清的死对头,以及一些总是看她不顺眼的人。

有"死对头"这样的事,才是比任何其他东西都更重要的证明,证明了自己真正经历过了腥风血雨的考验,在这个"会吃人"的大都市里存活下来。

有能力的人才被会讨厌。

有能力的人总是被麻烦。

有能力的人喜怒形于色。

有能力的人因为正向思考，会一直幸运下去。

她一直是这么告诉自己的。至少，在今天晚上之前，她还是这么想的。

在今天晚上之前，她一直拥有一个没被破解的好运气——不会巧遇旧情人。

在这样的大都市摸爬滚打了这些年，谁没有一些过去？

而这些过去，她可是真正地要放手让他们过去了。就像《比海更深》这部电影中所说的：有勇气成为别人的过去，才是个成熟的大人。

她这个成熟的大人，虽然都放手放得很干净、很彻底，却还是难免幻想过很多次：如果、万一，在某一天，不小心巧遇某个旧情人的场景——最好是在她减肥成功，成功地挤进了那套剪裁完美套装的那一天。

那一天，她精致淡雅的妆容，恰恰好维持到在上下手扶梯跟他错身而过的那时候。那时候的她正忙着处理公事，但他在远远的那一头就注意到了艳光四射的她。几经挣扎，不敌荷尔蒙激发的他忍不住喊了她的小名。

听见了他熟悉、迷人的声音，以及让自己脸红心跳的小名，她惊讶地抬起头，并送出一个嘴角刚刚好扬起15度的迷人笑容。

两人在短短十秒不到错身而过，没有谁要奔向谁的烂俗剧情发生，一切到此为止。

她打了场胜仗,他心底全是波澜。

何其完美的剧本,虽然全都只是自己脑补的想象。

一开始她还会认认真真防备着万一真有这么一天。后来日子久了,力气都花在跟生活拼斗上了,哪里还有心思想其他。

分明在自己编写的脚本里,已经设定好了最完美的时机。但,爱捉弄人的老天爷怎么会让她如愿呢?

他偏偏要选在今天。

今天的她因为经前综合征水肿了三公斤不止,为了让发肿的自己舒服一些,她穿了件宽宽松松的长洋装。

简单来说,现在的她就是一棵会移动的圣诞树,没有半点曲线。

下午三点开例会时,突然被老板指派参加这场应酬,没想到一踏进会场就遇见了他。

一看见他,她的整个神经紧绷了起来。一定要表现得很洒脱,不泄露任何喜怒。下巴微微上抬,是自己最有把握的角度。不能高傲,用刚刚好的气势来撑住自己。边提醒着自己边端着一杯酒,朝他走去。移动的同时,她的脑子里不停想着——

该说什么才得体?

用什么样的语气?

放多少情感进去?

第一句话到底该说什么?

"Hello!"她听见自己小小的微微颤抖的声音。

他正在跟另一个人聊天,没有看见她。

跟自己的剧本很不一样,为什么他没有看见艳光四射的自己?

她只能呆呆地站在原地看着他,边想着。

Hello
还没好的心痛呢?
想吻你的冲动呢?

Hello
你还会是我的吗?
我还在原地等你。
已经面对面了,却远的像是两个世界。
一个自己在世界的尽头流着泪喊着想你,一个自己在你面前努力像个成熟的大人。

"Hello!"她又听见自己说。
男人客气而疏远地点了点头,牵起身边真正艳光四射的女人就走了。
最后,她只能用沙哑、低沉的声音对着他的背影说:"Hello."
不多不少,就只有这五个英文字母。
他们之间就只剩下这样了。
看着男人的背影,她大大喘了一口气,所有的压力都释放了。还真是虚惊一场——这男人根本不是她的旧情人。
看来这个月的经前综合征有点厉害得过了头,她已经累到眼花了,还是早点回家休息吧。

听艾莉说故事